GOBOOKS
& SITAK
GROUP©

三日月書版

三日月書版

冰島小狐仙
Illust.高橋麵
外星警部
入侵注意
vol.2
輕世代
FW291
三日月書版

ALIEN INVASION ALERT! 外星警部入侵注意

CONTENTS

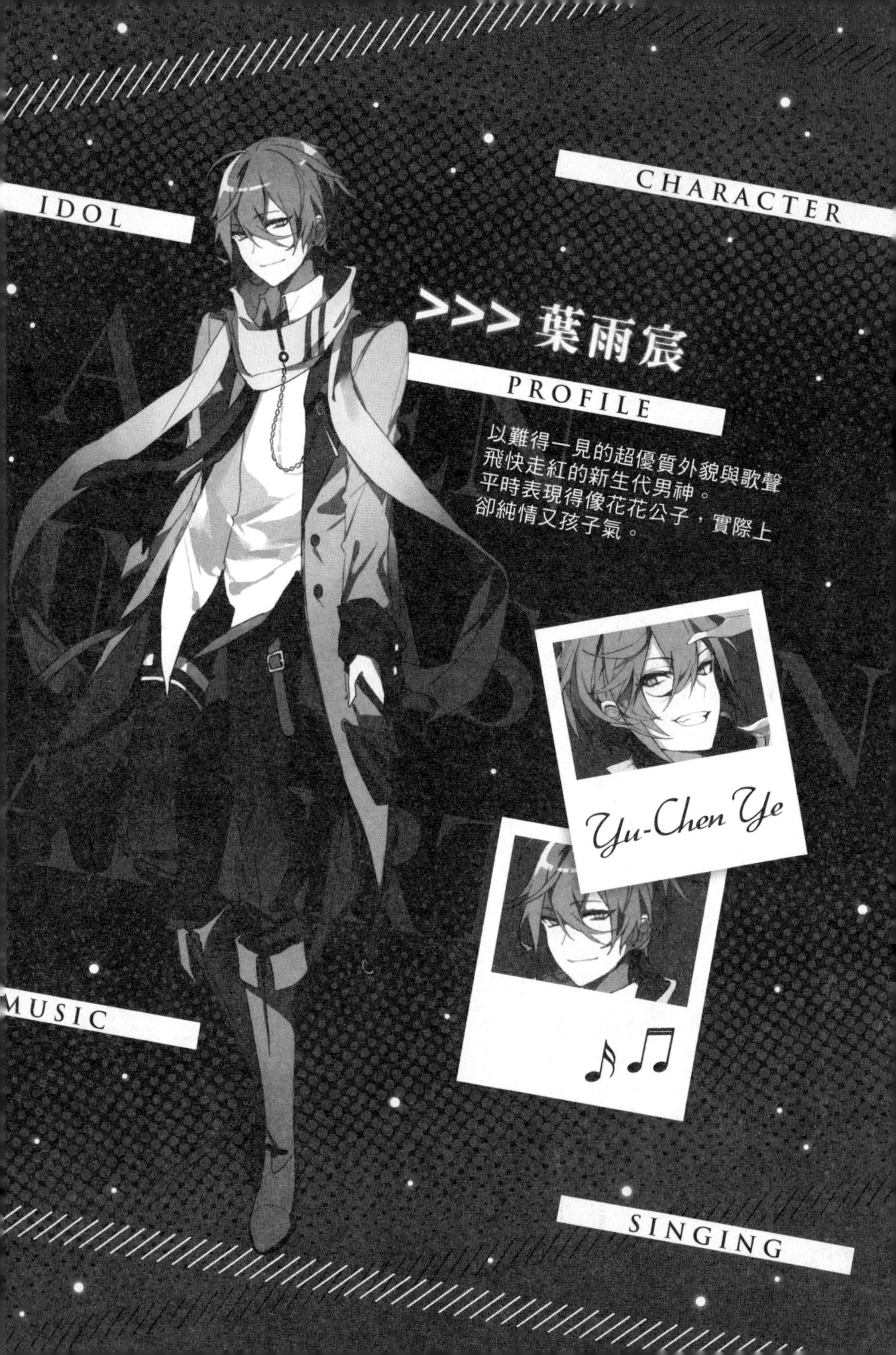
IDOL
CHARACTER
>>> 葉雨宸
PROFILE
以難得一見的超優質外貌與歌聲
飛快走紅的新生代男神。
平時表現得像花花公子，實際上
卻純情又孩子氣。
Yu-Chen Ye
MUSIC
SINGING

POLICE
CHARACTER
>>> 洛倫佐・金・哈克・蘇迪
PROFILE
宇宙警部第一王牌，因某起事件被「調任」至科技落後的偏遠星球，化名「蘇迪」擔任葉雨宸的助理。氣勢冷硬、不苟言笑，卻十分照顧人。
ALIEN
Suedi
ASSISTANT

ALIEN INVASION ALERT!

外星警部入侵注意

>>>CHAPTER.1

外星警部入侵注意

陽光明媚的午後，暖風吹得人昏昏欲睡，但在某個知名攝影基地中，一段飛車跨橋的精彩場面正在拍攝中。多臺懸掛式攝影機在空中就位，橋下也提前掛起了防護網，一黑一銀兩輛跑車在距離橋面大約兩百公尺的街道上待命，隨車攝影師則做著最後的準備工作。

位置領先的黑色跑車內，駕車者面容剛毅，五官英挺，一頭黑髮剪得極短，炯炯有神的目光正專注地看著前方。而位置靠後的銀色跑車內，駕車者那張可與日月爭輝的俊美臉孔嚴肅而充滿正義感，筆直地看著前方的目光則透著堅毅和執著。

隨著導演一聲「Action」的吶喊，兩人同時一腳用力踩下油門，跑車立刻如離弦的箭矢般飛馳出去。

街道盡頭，純白的跨海大橋在陽光下反射出刺眼的白光，此刻，隨著兩輛車的接近，橋面正往上傾斜打開。

位置領先的黑色跑車毫不猶豫地駛上橋面，以接近時速二二〇公里的車速順著傾斜的橋面飛馳衝出，直接越過一小段開口，落在同樣傾斜打開的另一側橋面上。

落後的銀色跑車也駛上了橋面，但此刻，橋面傾斜的程度已經接近三十度，而兩段打開的橋面間的距離也擴大了不少，但即便如此，駕車者依然沒有絲毫遲疑，一腳把油門踩到底，繼續往前飛馳。

跑車衝出橋面的瞬間，彷彿一隻張開翅膀的大鳥，透過隨車攝影師的鏡頭，可以看到駕車人的雙手緊握著方向盤，而毫不妥協的堅決目光，也依舊牢牢盯在前方已經安全落地的黑色跑車上，沒有絲毫遲疑或膽怯。

「砰」一聲，前輪重重撞上橋面，那一瞬間，駕車人眼中亮起灼熱光輝，同時腳下用力一踩，不顧車身猛烈的顛簸，再度衝了出去。

「OK，卡！完美！」

隨著導演激動的喊聲，原本還在向兩邊打開的橋面重新開始閉合，而順利落在橋面的銀色跑車在減速後，終於緩緩停在了先一步停下的黑色跑車旁邊。

車門打開，兩位駕車人同時下了車，黑色跑車的那位豎起拇指，笑著說：「厲害啊，雨宸，第一次演動作片就可以不用替身一次過，你真是天才。」

銀色跑車邊，葉雨宸兩手攀住車門，已經完全沒有剛才鏡頭中的冷靜瀟灑，滿頭冒汗、喘著粗氣說：「剛才太入戲了完全沒感覺，現在才發現我腿都軟了，毅哥，你一直拍這種動作片不覺得心臟負荷太大嗎？」

「哈哈，習慣就好了，你再多拍幾次也就沒感覺了。」

甄毅，業界首席動作明星，入行十年，銀幕硬漢形象深入人心，長得就是一副鐵血真男人的模樣，用某個人的話來說，這就叫本色演出。

想到某個人，葉雨宸不禁轉頭朝後勤休息區的方向看去，果然看到那人正一手拿著毛巾，一手拿著礦泉水，雖然面無表情，視線卻準確地對著他。

四目相接，葉雨宸微微笑了笑，和甄毅及隨車攝影師們打了個招呼後，朝後勤休息區走過去。

「雨宸，辛苦了，休息半小時拍下一幕。」不遠處，導演陸韓朝這邊揮了揮手，臉上掛著滿意的笑容。

葉雨宸點了點頭，一邊對劇組成員說著「大家辛苦了」，一邊走到他的休息椅邊，順手接過蘇迪遞來的礦泉水。

扭開瓶蓋，他沒有急著喝，而是一臉興奮地湊到蘇迪身邊連聲問：「怎麼樣怎麼樣？你覺得我演得怎麼樣？」

被問話的人遞來一個斜睨的眼神，涼涼地回答：「比演腦殘順眼一些。」

明明聽起來是很諷刺的話，葉雨宸非但沒有生氣，臉上反而浮起幾分得意，滿足地點了點頭說：「很好，看來你還是有幾分眼力的。」

蘇迪聽到這句話，強忍下翻白眼的衝動，沒有接話。

前方不遠處，導演正在拍臨時演員的戲份，這次電影的臨演不少，此時有幾個不需要入境的正頻頻朝葉雨宸休息的方向眺望，一副很想衝上來的樣子。

很顯然，這幾個都是葉雨宸的粉絲，來當臨演就是為了能近距離看看偶像。

葉雨宸注意到這點，微笑著朝他們揮了揮手，頓時讓幾個少男少女激動得差點暈倒。

一旁蘇迪看著他這副隨時隨地放電的樣子，默默扶了扶額。

「啊，對了，」和影迷打過招呼後，他轉過頭，壓低嗓音問：「總部那邊還沒有回覆嗎？審核資格而已，需要那麼久？外星人做事不是應該比較有效率嗎？」

三個問題，連珠炮般問出，還兼帶自問自答模式，蘇迪聽後挑了挑眉梢，實在懶得回答他。

有回覆的話，安卡肯定會馬上聯絡，而且不是聯絡他，是聯絡葉雨宸本人，所以這個問題根本就是廢話。至於外星人做事比較有效率？誰來告訴他這句話的邏輯點在哪裡？

正想吐槽，卻突然聽到風中傳來不尋常的聲音，蘇迪的神色微變，抬頭看向天邊，只見剛才還風和日麗的藍天竟然突然變臉。

一大片烏雲迅速集結，不過轉眼間，天色黑了大半，天邊翻湧起雷電，竟然是一副要下暴雨的樣子。

「怎麼回事？天氣預報明明說今天是晴天啊。」天色突變，葉雨宸也很快就注意到了，疑惑地低喃了一句。

蘇迪沒有回答，而是邁步朝前走了好幾步，目光緊緊盯在烏雲上，右手的能量環更是發出不易察覺的微光。

葉雨宸察覺到他的不對勁，剛想跟上去問問情況，只聽天邊一聲劇烈的爆裂聲，緊接著一道銀藍色的耀眼閃電竟然飛速傾斜墜下，朝他衝了過來。

閃電速度太快，葉雨宸根本來不及躲閃，而現場的大多數人甚至還不知道發生了什麼，只有蘇迪，在那一瞬間猛然轉身奔回，抬起右手護在葉雨宸頭上。

電光劈下，瞬間將兩人吞沒，剎那間，葉雨宸只覺得一股強烈的電流流遍全身，四肢百骸彷彿被灼燒般劇痛起來，緊接著就失去了意識。

蘇迪卻沒事，他迅速轉頭朝跨海大橋的方向看了一眼，蹲下身，半抱起葉雨宸，揚聲喊：「叫救護車！」

直到這時，其他人才意識到出了事，驚呼聲立時在片場中響起，反應過來的眾人亂成了一鍋粥，只有黑色跑車在這時風馳電掣般從橋上開過來，急停在蘇迪身邊，駕駛座上的甄毅沉聲開口：「上車，我送你們去醫院。」

蘇迪沒有猶豫，一手拉開車門，隨後打橫抱起葉雨宸，鑽進了後座。

幸運的是，醫院離攝影基地不算太遠。一路狂飆，甄毅連闖數個紅燈，等車在醫院門口停下時，後方已經遙遙響起了警笛聲。

「你們先進去，我來和警方溝通。」隨手丟了一副墨鏡給蘇迪，甄毅下車，幫他打開車門。

「多謝。」

蘇迪把墨鏡戴到葉雨宸臉上，下車，抱人，飛快跑進醫院，一系列動作絲毫不拖泥帶水，流暢得讓甄毅這個動作明星都有些咋舌。

葉雨宸的身高可是足足有一百八十五公分，就算不是健碩肌肉型，可體重也不會輕到哪裡去，可蘇迪公主抱他時的輕鬆姿態就像是在抱一疊棉花，這……真的正常嗎？那傢伙畢竟是個助理，不是什麼健身教練啊。

雖然以助理來說，這人也足夠另類。

以他的外在條件，如果朝演藝圈發展，一定很快就能成為第二個葉雨宸，再加上他獨特的氣質，戲路會比葉雨宸更寬廣。可這樣一個人才，居然屈就著當助理？甄毅實在覺得無法理解。

電影在半個月前開拍，蘇迪跟著葉雨宸進片場也只有半個月，這麼短的時間不足以讓甄毅瞭解蘇迪這個人。尤其是，除了面對葉雨宸時，那傢伙幾乎都是面無表情、沉默寡言，一副生人勿進的樣子。

真是個奇怪的男人……思索間，警笛聲已由遠至近，甄毅拉回思緒，不自覺地嘆了口氣，轉身迎上交警。

甄毅在十五分鐘後走進醫院，雖然飆車屬於違法行為，但情況緊急，加上他的態度誠懇，也沒出事故，又有名人效應，交警最後只開了一張罰單，稍微警告一下就放他走了。

醫院裡此刻卻是雞飛狗跳，葉雨宸被閃電擊中生命垂危的消息已經傳遍了每一個角落，不過短短十五分鐘，居然已經有腳快的記者到場了。

看到甄毅，記者立刻衝上來採訪，他只好簡單說明事情經過，但因為他並沒有親眼看到葉雨宸被閃電擊中的那一幕，所以言辭之間也帶著很多不確定。

「……我看到閃電從天上劃過去，之後聽到雨宸的助理說要叫救護車，當時他好像已經失去意識了。」

「您沒有親眼看到閃電擊中葉雨宸嗎？」

「沒有，當時的天氣變化太突然了，我們……」

甄毅說到這裡突然停了下來，這個戛然而止和不久前的天氣變化一樣突然，記者們有的在拍照有的在做筆記，還有的則焦急地看著他，但甄毅卻沒有再說一個字。

他瞠目結舌地看著某個方向，整張臉因為太過震驚而幾乎扭曲，記者們很快意識到了什麼，可順著甄毅目光所在的方向看過去，卻只有醫院擠滿人的走道而已。

「甄毅先生，您怎麼了？」有人終於忍不住問了一句，還小心翼翼地扶了扶他的肩膀。

甄毅猛然回過神，臉色有點異樣，正好這時陳樂他們趕到了，於是他順水推舟把回應採訪的任務推給了陳樂，自己從人群中走出來，朝剛才看著的走道走了過去。

走道通向手術室，這是個需要保持絕對安靜的地方，記者們當然不方便再跟過來。

甄毅獨自走過去，很快便看到了守在手術室門外的蘇迪，還有正和蘇迪說話的人，他剛才就是看到對方穿過走道，那是一名穿著白袍、有著一頭金髮的女醫生。

女醫生正在聽蘇迪講述情況，露出一半的側臉美麗而精緻，微微下垂的眼簾掩不住海藍色瞳孔散發的魅力，高挺的鼻樑和性感的薄唇則為她添加了幾分英氣。

甄毅聽到自己心臟狂跳的聲音，簡直就像有人在他耳邊打鼓。同時他也感受到渾身血液的流動，甚至連臉頰都開始發熱，就像個情竇初開看到心上人的小男生。

「安娜！」他終於忍不住叫出了這個在心底埋藏了整整十三年的名字，身為一個鐵血硬漢，這一刻他的聲音卻微微有些顫抖。

前方的兩人同時回過了頭，蘇迪面無表情，女醫生卻露出了明顯的驚訝。

甄毅兩步衝上前，一把握住她的手腕，不可置信地開口：「安娜，真的是妳？怎麼會……」

蘇迪看向安卡，雖然表情沒有絲毫波動，眼中卻透出了犀利的光芒。安卡極快地瞥了他一眼，隨後朝著甄毅開口：「我現在要進手術室，其他事之後再說。」

說完，她拂開甄毅的手，轉身直接推開了手術室的門。

甄毅的手往前伸了伸，顯然還想挽留她，不過從旁邊投射過來的冰冷視線成功阻止了他的動作。

甄毅被這股視線刺了一下，下意識轉頭，對上了蘇迪直視過來的目光，那一瞬間，他感覺到了莫大的壓力。

身為動作明星，甄毅很擅長釋放氣場，給對手製造壓力，這是經常出演同類型角色所累積出來的技巧，也因為他本身性格豪爽、收放自如。但面對蘇迪時，他覺得自己由內而外慘敗給了對方。

儘管如此，甄毅並不想示弱，於是他退後了一步，故作鎮定地開口：「你們認識？」

蘇迪因為這句話收起了渾身上下散發出來的寒意，畢竟，他阻止甄毅是因為不希望他影響安卡進去救葉雨宸。但儘管如此，他銳利的目光仍然讓人有些心驚，挑了挑眉，他語氣淡漠地回話：「這句話是我想問的。」

甄毅轉身在走廊上的排椅落了座，兩手手肘撐在膝蓋上，十指交叉，垂著頭說：「她是我的前女友，十三年前的。」

甄毅今年三十六歲，是影視圈出了名的黃金單身漢，出道十年，連個緋聞女友都沒有，圈內八卦人士甚至一度猜測他其實喜歡男人。但從他此刻的話來看，很顯然，他並不是喜歡男人，而是無法忘記前女友。

蘇迪沒有回答，但他坐到了甄毅身邊隔兩個座位的位置上。走廊裡很安靜，這份靜謐反而催漲了甄毅說話的欲望。

「她和十三年前一模一樣，可是這怎麼可能呢？一個女人就算再懂得保養，也不可能十三年如一日吧？」

「當初她是突然從我面前消失的，那晚我們約好在常去的餐廳見面，我帶了戒指，打算向她求婚。可她沒有來赴約，而且就像人間蒸發一樣不見了，只留給我一封分手信。」

「我當初像瘋了一樣找她，可是她換了電話號碼，還搬了家。我問過她的朋友，有人和我說她去了國外。」

「整整十三年，我沒有一刻忘記過她……」

「真是諷刺，我好不容易說服自己不再去想，可她卻回來了。」

甄毅說話期間，蘇迪一個字都沒有回應，直到他全部說完，走廊上再度安靜下來，沉寂的空氣幾乎讓人窒息，蘇迪才面無表情地開口：「她叫安卡。」

「你說什麼？」甄毅下意識轉過頭，眼睛瞪得大大的。

蘇迪直視著對面的牆，完全不動聲色。「她叫安卡，不叫安娜。」

「你是說她一直在騙我？連名字都是假的？」

「沒錯，」蘇迪終於轉頭看向甄毅，表情看起來十分冷酷，「所以你還是死心比較好。」

甄毅的表情就像是被人迎頭打了一棒，他還沒反應過來，手術室的門卻在這時打開了。

護士推著葉雨宸出來，後面跟著的主治醫生一臉欣慰，一看到蘇迪就高興地說：「放心吧，電流雖然強，但沒有達到致死量，他會沒事的。不過為了保險起見，還是要住院觀察幾天。」

蘇迪點了點頭，似乎並不意外，跟著護士一起去了病房，沒有再理會甄毅。

甄毅在手術室門口站了很久，可是根本沒看到安卡出來，直到所有醫護人員都走得差不多了，他再跑進手術室一看，裡面早就空無一人了。

「請問，之前進來的安卡醫生去了哪裡？」攔住最後一個整理器械的護士，甄毅驚訝地問。

護士疑惑地看著他。「我們醫院裡沒有叫安卡的醫生啊。」

「怎麼可能，我親眼看到她走進來的，她是混血兒，金髮藍眼。」

「你看錯了吧，之前手術的時候根本沒有人進來。」

小護士說完，用狐疑的目光又看了甄毅兩眼，就轉身離開了，剩下甄毅呆呆站在原地，怎麼都想不通這到底是怎麼回事。他明明親眼看到安卡走進手術室，還和她說過話，怎麼手術室裡的人會沒有看到她呢？

愣了幾秒鐘，甄毅掉頭朝住院部走去。

VIP 病房裡，陳樂正一臉焦慮地看著護士安置葉雨宸，雖然主治醫生已經說不會有事，可當家藝人出了這種事，他這個經紀人當然還是很緊張，就算沒有生命安全，誰知道會不會留下什麼後遺症呢。

「蘇迪，這幾天要辛苦你了，片場那邊我會去打招呼，你就安心照顧雨宸吧。」

「嗯。」

「對了，我聽說閃電擊中雨宸的時候你就在他身邊？你有沒有哪裡不舒服？」

「沒有。」

「那就好，如果有不舒服千萬不要瞞著，找醫生看一下。」

面對陳樂的關心，蘇迪點了點頭。兩人沉默了片刻，陳樂見病床上的人沒有要清醒的跡象，只能先離開，把葉雨宸交給蘇迪照顧。

甄毅是在陳樂離開後悄悄走進病房的，不過他還沒來得及開口說一個字，蘇迪已經轉身走過來，直接把他推出了病房，面無表情地說：「雨宸需要絕對靜養，現在我們不歡迎探視，有什麼話等他醒了再說吧。」

「你明知道我要問的是……」

「甄先生，我什麼都不知道，你請回吧。」

直視著甄毅的眼睛，蘇迪緩慢地說出這句話，瞳孔深處隱隱透出銀藍色的光。甄毅的神情變了，一絲茫然從他臉上閃過，隨後，他呆呆地轉身離開了。

蘇迪看著他的背影，唇邊逸出一抹不易察覺的嘆息。他關上病房門，轉身走回室內，淡淡開口：「我還以為他像雨宸一樣不能被催眠。」

在這句彷彿是對著空氣說的話之後，原本沒人坐的沙發上出現一層淡淡的光暈，接著，光暈從頂部開始消融，很快，金髮藍眼的安卡出現在了沙發上。

面對蘇迪略顯嘲諷的話，她的神色浮起一絲窘迫，臉頰也微微有些發紅。她抬起右手扶著額頭，一副很頭痛的樣子。「我沒想到會再和他碰面。」

「所以他確實是妳的前男友？」

「我可以不回答這個問題嗎？」

「妳已經回答了。」

安卡兩手捂著臉呻吟了一聲，原本還不算太嚴重的頭痛眼看著就要加劇了。

蘇迪側目瞥了她一眼，嘴角竟微微勾起一絲愉悅的弧度，如同小女生一般彷彿陷入感情煩惱的安卡，他還是頭一次見到。

雖然很想借機好好嘲笑一下青梅竹馬，不過雨宸還沒醒過來，總覺得現在還是不要惹惱她比較好。

女人嘛，地球人還是外星人其實都是差不多的。

於是蘇迪強迫自己恢復成面無表情的樣子，語氣平淡地說：「他說妳是在他打算求婚的那天離開的。」

安卡移開了遮著臉的手，臉上反倒出現了一絲驚訝。「他那天打算求婚？」

蘇迪轉身面對她，同時在病床邊的椅子上坐下。「顯然他想給妳一個驚喜。」

這句話讓安卡陷入了長久的沉默，她的神情變得很複雜，像是充滿遺憾，又有無盡的懊惱，可最終，那些情緒彙集整合，變成了深深的無奈。

她轉頭看向猶自沉睡著的葉雨宸，輕輕嘆了口氣。「有時候真羨慕他父親，能和地球人一起變老。」

宇宙的發展沒有規律可尋，但種族的特點卻是從最初就被決定的，而壽命，就是這些數量龐大的特點中最固定的一個。

小部分星球的人類和地球人擁有差不多的壽命和成長規律，比如葉雨宸的父親，那決定了他們可以毫無困難的和地球人一起生活。

但大部分的外星人，壽命都遠比地球人要長，所以在地球人眼中，他們將是長生不老的異類。

「妳離開了他，卻沒有消去他的記憶。」蘇迪的語氣不輕不重，似乎在說什麼無關緊要的事，只有安卡知道，這句話的分量絕對不輕。

宇宙警部時常需要和普通人打交道，偶爾也會走進他們的生活，就像之前蘇迪為了調查星雲碎片的事接近葉雨宸一樣。一般來說，離開的時候，宇宙警部會消去普通人有關他們的記憶。

這樣做一方面是因為地球存在外星人的事需要保密，另一方面也是不想影響普通人的生活。

像安卡這樣和甄毅相戀，離開，卻又不消去對方的記憶，對甄毅來說是件很殘忍的事。沒有得到任何解釋卻要記著對方一輩子，或許還不停地思考自己到底哪裡做錯了。

病房陷入了沉默，安卡沒有回應，蘇迪也沒有再開口，直到床上的人發出一聲低吟，兩個人才同時看向葉雨宸，就彷彿剛才的談話根本不存在一般。

「唔，我這是怎麼了？」睜開眼睛的大明星眼中滿是茫然，視線在室內轉了一圈，最後定在蘇迪臉上。

蘇迪面無表情地看著他。「你被雷劈了。」

葉雨宸愣了愣，失去意識前的記憶卻因為這句話被喚醒，他瞪了瞪眼睛，驚訝地問：「那我還活著嗎？」

沒錯，他想起來了，他被一道看起來很厲害的閃電擊中了，電流流遍全身的感覺他現在想想都還覺得心悸！

蘇迪斜視著他，似乎並不打算回答這麼白痴的問題。

安卡在這時走到病床邊，朝他笑了笑說：「幸好洛倫佐的能量環吸收了大部分的電流，不然你的情況真的會很危險。」

葉雨宸聞言後撇了撇嘴，其實他知道自己是被蘇迪救了，畢竟，他還記得閃電劈下來的瞬間蘇迪回身撲過來的情景。

儘管只是一眨眼的工夫，但那一刻出現在男人臉上的迫切和緊張，卻清晰地映入了眼簾，甚至是心底深處。

蘇迪很在意他，雖然那傢伙現在冷著臉，但掩蓋不了這個事實。

「嘀嘀」，安卡的口袋裡忽然發出了響聲，她迅速摸出一支手機，接通後直接開了擴音。

「上校，資料分析出來了，確實是星際力量。」手機裡響起的是佩里的聲音，不像往常那樣總是帶著唯恐天下不亂的狡黠，而是透著嚴肅。

「是誰做的。」安卡還沒回答，蘇迪已經冷冷開了口。

他對這個結果並不驚訝，下午的天色異變太突然了，絕對不是自然現象。

而且在天色突變之前，他也聽到了某種奇怪的聲音，所以在閃電降下的瞬間，他才會想到去保護葉雨宸。

地球上生活著數名萬外星人，總會有不小心犯錯的時候，這些都很正常，但真正讓他驚訝的是，下午的事件竟然具有針對性。

很顯然，這是一起針對葉雨宸的襲擊。

聽到蘇迪的聲音，佩里明顯地頓了頓，咳嗽了兩聲才開口：「呃，洛倫佐前輩你也在啊，這件事情……很抱歉，沒有查到相符的嫌疑人。」

聽到這句話，蘇迪和安卡對視一眼，眼中都閃過疑惑。安卡想了想後問：「沒有查到相符的嫌疑人？是能量資料不符，還是道具相性不符？」

「是能力區間值就不符，上校，那道閃電是念動力造成的，而且很可能是 Level 7 的能力者。」佩里的聲音乾巴巴的，而這句話，才真正讓安卡和蘇迪都露出了震驚的表情。

ALIEN INVASION ALERT! 外星警部入侵注意

>>>CHAPTER.2

外星人所擁有的星際力量，也就是地球人所說的超能力，其實是多種多樣的。

其中最特殊的三種能力，分別是念動力、心靈感應以及空間移動。

而這三種能力中，最強大的無疑就是念動力，因為這是可以直接增加戰鬥值的能力，還能根據能力者的能量值無限增幅，甚至可以說沒有極限。

但能力的特殊性，就註定了其稀有性，全宇宙擁有念動力的人數不超過一萬。

宇宙警部根據每個人的能量值設定等級，大多數人的能力值都只有 Level 1 至 Level 2，Level 3 開始就具有加入宇宙警部等特殊組織的資格，而 Level 6 及以上的能力者如果沒有加入特定組織的話，都將是重點監控對象，因為這部分人如果想危害社會的話，很輕易就能製造災難。

佩里提到的 Level 7，正是宇宙警部能力範圍設定系統中的最高級別。

病房再次陷入沉寂，蘇迪和安卡仍然還沒從驚訝中回過神，反倒是對這一切沒什麼概念的葉雨宸好奇地開口：「念動力是什麼東西？」

「念動力是一種非常特殊而且強大的超能力，」回答問題的是佩里，依舊是乾巴巴的嗓音：「能力者可以根據意志對物質系統的運動進行干預。」

「……是類似用意念扭曲湯匙或者折斷鐵條那種？」

「沒錯。要知道，我們外星人離開母星能力就會打折扣，而地球因為具有獨特的引力磁場，對超能力的限制更大。一般來說，在沒有增幅器的情況下我們只能發揮百分之五十的力量。可這傢伙在這種情況下仍然控制了氣候這種非具現化的物質系統，實在是太驚人了！」

佩里越說越激動，音量也不斷提高，到最後，甚至從揚聲器中可以清晰地聽到拍桌子的聲音。

安卡神色凝重，皺眉道：「毫無疑問，確實是Level 7的能力者。」

「可問題是，地球上連Level 1的念動力能力者都沒有啊，最近也沒有這方面的人事調動，這人到底是哪裡冒出來的？難道是偷渡？也不可能啊，

Level 7的能力者根本無法通過我們設定的磁力線圈吧？」

佩里百思不得其解，那人肯定不是通過官方管道進入地球的，可問題是，宇宙警部在地球周邊布置了能監測出入境人員能量值的磁力線圈，超過Level 6的人如果沒有官方許可，根本就不可能通過。

難道是在他們不知道的情況下又被人開了個蟲洞？不可能吧，防禦系統不久前才升過級，結果又GG了嗎？

佩里有種快崩潰的感覺，如果真的是防禦系統又出了問題，那他的天才之名就可以資源回收了。不，不僅是名聲的問題，說不定總部會直接炒他魷魚。

安卡此刻也在思考同樣的問題，由於不久前的費利南德事件，這次防禦系統的升級是她親自監管的，所以絕對不可能出現紕漏。

那麼，那個人一定是藉由某種特殊途徑通過了磁力線圈。

「佩里，」一直保持沉默的蘇迪在這時終於開口，「查一下默聲通行證的入境記錄。」

默聲通行證，由星球安全局發配給執行保密任務的金牌特工，讓他們得以直接通過宇宙警部布置在各星球的磁力線圈，不需要提前向宇宙警部報備。遇上使用默聲通行證入境的人，防禦系統不會報警，但可以在後臺查到。

佩里立刻明白了蘇迪的意思，答了句「我這就去」，就打算切斷通訊。

「佩里，等一下！」葉雨宸卻在這時叫了起來，「雪團最近還好嗎？你有沒有幫我好好照顧牠？」

還沒切斷的通訊彼端沉默了數秒，隨後響起佩里無奈的嗓音：「我說，雨宸哥，你都被人蓄意謀殺了，還有心情關心你的貓？」

「蘇迪不是保護了我嗎？既然我還活著，當然得關心雪團。」

葉雨宸的語氣十分理所當然，自從認識佩里他們之後，他進片場的時候就連雪團都有人照顧了，簡直就是天上掉下來的餡餅！

他不知道的是，佩里和安卡會答應幫他照顧雪團，完全是因為雪團的真實身分是和他們一樣的外星人。

「你就放心吧，我怎麼敢欺負阿爾忒……」佩里的語速很快，可說了一半突然噤了聲。

葉雨宸歪了歪頭，皺著眉重複他的話，「阿爾忒？」

「沒有啦，你聽錯了，我說的是我怎麼敢欺負啊啊她。對，就是這樣，那麼，上校，前輩，我先去查默聲通行證了，有結果立刻通知你們！」

一口氣說完，揚聲器裡緊接著就響起了「嘟嘟嘟」的忙音，佩里根本就是秒掛電話。

葉雨宸的表情還很懵懂，他轉頭看向蘇迪，一臉無辜地朝他眨了眨眼睛。只可惜，這種賣萌的動作完全打動不了他的冷面助理，直接被當成空氣無視了。

葉雨宸咬了咬牙，暗暗瞪了蘇迪一眼，正想再說點什麼，床頭櫃上的男士挎包裡響起了熟悉的手機鈴聲。

那是他的包，拍攝的時候放在休息區由蘇迪保管，是劇組成員交給陳樂帶過來的。

他伸手想去摸手機，蘇迪卻突然搶先了一步，而在看到螢幕上竟然顯示的是未知號碼時，葉雨宸疑惑地說：「怎麼會有未知號碼？我……」

話沒說完，蘇迪將手機放在床頭櫃上，側身護在葉雨宸前面，沉聲說了句「我接通電話你就正常說話」後，按下擴音鍵，同時接通了電話。

「喂，我是葉雨宸，哪位？」明白蘇迪的意思，葉雨宸特地報上了名字，等著對方回應。

但是通訊那端沒有立刻響起回音，葉雨宸正覺得奇怪，只聽到一陣輕微的電流聲響起，緊接著，他的手機居然爆炸了！

爆裂開的零件子彈般四散開，幸好蘇迪把葉雨宸完整地擋住了，這才沒有傷到他，而安卡則是直接在身前張開了一張護盾才沒有被波及。

葉雨宸張大了嘴巴，眼睛也快要瞪出眼眶，儘管他已經知道自己再一次成為了外星人的狩獵目標，可這次來的人明顯比之前那群綠皮膚的傢伙厲害多了，他到底是得罪誰了？

爆炸的硝煙尚未消散，蘇迪已經做出反應，他一把按住能量環，圓形的手環瞬間亮起，下一秒，他整個人消失在病房當中。

葉雨宸嚇了一跳，驚訝地看向安卡，後者的表情看起來有些無奈，但還是平靜地回答：「他去追襲擊者了。」

「怎麼追？」

「空間轉移。」

「這是蘇迪的能力？什麼級別？」

「Level 6。」

葉雨宸對外星人的能力並沒有很清晰的概念，但剛才佩里把 Level 7 形容得那麼誇張，他猜測 Level 6 也已經很厲害了。而且，那傢伙應該不止空間轉移這一個能力吧？他之前不是還把時間暫停過？

似乎是知道葉雨宸在想什麼，安卡主動開了口：「放心吧，以洛倫佐的能力，就算是 Level 7 的念動力者應該也不至於對他產生威脅，但能不能抓到對方就難說了。」

「是嗎？原來那傢伙那麼厲害。」

「他可是在全宇宙赫赫有名的金牌警部，而且，加入宇宙警部之後，由於接受系統訓練，能量值會再提升，有些人還能挖掘出潛在能力，這是我們比編外人士優勢的地方。」

聽著安卡的話，葉雨宸的眼睛亮了起來，前一刻的驚嚇也立刻拋到九霄雲外。他看著安卡，神色激動地問：「那如果我加入你們的話，也能挖掘出潛力嗎？」

「當然，根據蘇迪的觀察，你是超聲波能力者，加以訓練的話，會成為很特別的能力。」

超聲波嗎？葉雨宸一臉驚喜，原來蘇迪已經察覺到他的能力了嗎？

這麼說來，他那次在錄音棚的失態，就是因為被自己的超聲波影響了？還有那次在家裡遇到襲擊的時候，碎了滿地的玻璃，也是自己造成的？

想起當時屋內的狼藉景象，葉雨宸有點不敢相信。自己的能力，好像還蠻厲害的嘛，而且，那還是在完全無意識的情況下發動的。

就算他只有一半的外星人血統，果然也和純種的地球人不一樣呢。

正思索間，眼前一花，蘇迪憑空出現，身邊空無一人，看樣子並沒有抓到犯人。

「被逃走了。」果然，說著這句話的人板著臉，就算和平時一樣面無表情，也能看出他非常不快。

安卡聞言微微蹙眉，也覺得事情有些棘手。連洛倫佐這樣的金牌警部都抓不住的犯人，到底會是什麼來頭？而且對方那麼明確地攻擊葉雨宸，又是為了什麼呢？

葉雨宸擁有的星雲碎片已經被拿走了，按理說，他身上再也沒什麼能引人注意的地方，究竟為什麼要殺他？

「嘀嘀」的鈴聲再度響起，安卡連接通訊，佩里的聲音立刻響了起來：「上校，前輩，查到了，真的有默聲通行證入境，但問題是，通行證的持有者並不是念動力能力者。」

「是誰？」蘇迪搶在安卡之前做出了反應。

「星球安全局總部的金牌特工，毒蛇奧密爾頓。說實話，我懷疑他是不是弄丟了默聲通行證，因為這個人好像根本不可能來地球執行什麼任務。」

雖然星球安全局和宇宙警部是兩個不同的職能部門，但大體上來說都是在管理星際秩序及安全，所以彼此有哪些名人大家都很清楚。

就像神槍洛倫佐是個響噹噹的人物，毒蛇奧密爾頓的大名也響徹全宇宙。

而由於地球的犯罪率遠低於宇宙的平均水準，就像佩里說的，奧密爾頓這樣的人物根本不可能到地球來。

「我現在就回去，正式向星球安全局提出調查申請。」安卡說著，站起了身。

要調查默聲通行證的持有者，必須向星球安全局提出申請，而有這個申請資格的，只能是各星球分部的總負責人。

蘇迪點了點頭，顯然也贊同佩里的觀點。雖然不知道奧密爾頓的通行證為什麼會出現在地球上，但基本上可以確定犯人就是靠這張通行證進入磁力線圈的。

安卡走後，病房陷入了沉默。蘇迪是個從不主動開口閒聊的人，而葉雨宸知道他心情不好，一時之間也沒想到什麼可以調節氣氛的話題，索性閉目養神。

結果沒想到，這一養，居然直接睡著了。

等他再醒過來，天已經黑透了。病房裡沒有開燈，一片昏暗，他渾身一震坐起身，轉頭看到一團漆黑坐在會客的沙發上。

還沒等他做出任何反應，「啪」一聲，燈被打開了。刺眼的白光中，蘇迪起身走過來，拿起床頭櫃上的保溫盒遞向他，淡淡開口：「吃點東西。」

葉雨宸接過飯盒，頭還仰著沒動，認真地問：「你沒事了吧？」

蘇迪一臉哭笑不得，無奈地說：「別想太多了。剛剛陸韓的助理打電話來詢問你的情況，我告訴他你下週出院就會回片場了。」

「出院就回片場？幹嘛這麼急啊，現在連犯人是誰都不知道，回去不是很危險嗎？說不定還會牽連到其他人。」

葉雨宸一口氣說完，發現蘇迪面無表情地看著他，那神情，好像他說的話有多幼稚多無聊似的。

「難道我說得不對嗎？」瞪了對方一眼，葉雨宸揚了揚下巴。哼，要比誰眼睛大嗎？這點我可不會輸給你！

對視片刻，蘇迪輕嘆口氣，轉身回到沙發上坐下。「距離下週還有五天。」

「我知道，那又怎麼樣？」

「我會抓到犯人的。」

簡簡單單的一句話，沒有加重語氣，沒有附上一道堅定的目光，蘇迪平和的態度卻讓葉雨宸不由得安心下來。是啊，就算對方很危險，就算對方是Level 7的能力者，可蘇迪說他會抓到對方，那就一定能抓到。

葉雨宸勾起嘴角笑了笑，打開飯盒，果然都是他愛吃的菜。

「你特地回去準備的嗎？」仰起頭，他笑嘻嘻地問了一句。

冷峻的男人斜睨了他一眼，拒絕回答這個問題，可這樣的舉動，根本就是默認了。

葉雨宸的嘴角幾乎咧到了耳根，即便早就習慣了蘇迪的好手藝，可是今天這頓飯，他覺得特別好吃。

正心滿意足地吃著晚飯，病房門上傳來敲門聲，葉雨宸抬起頭說了句「進來」，接著門就被推開了。

「毅哥，怎麼這麼晚了還過來？拍攝都結束了嗎？」看到甄毅，葉雨宸有點驚喜，邊打招呼邊朝他招手，示意他快進來。

甄毅進門，視線朝蘇迪的方向飄了一下，隨後才笑著說：「是啊，你出了事，陸導也有些心神不寧，所以今天就提早結束了。本來大家要組團來看你，不過我想你現在肯定需要多休息，就叫他們過兩天再來。」

「怎麼好意思讓大家都來呢，我沒事的，下週就會回片場了。」

「看到你精神這麼好，我就放心了。」

「謝謝毅哥。對了，你吃飯了嗎？」

「還沒。」

一聽甄毅還沒吃飯，葉雨宸眨了眨眼，低頭看了看自己手裡的飯盒，頓時有點窘迫。其實他也是隨口問一句，根本沒想到甄毅真的還沒吃飯。

雖然現在他們合作拍電影，但以前畢竟沒怎麼來往過，葉雨宸和甄毅其實沒有很熟，所以甄毅特地來看他，他也覺得挺意外的。

正不知道該說什麼好，沙發上的蘇迪站起身，淡淡開口：「我去幫甄先生買晚飯，你們先聊。」

「咦咦？」葉雨宸直覺地發出單音節，瞪圓了眼睛。

雖然蘇迪名義上還是他的助理，跑腿是分內事，可自從知道蘇迪的真實身分後，他哪還敢差遣人家。

所以就算覺得尷尬，他也沒想過叫蘇迪去幫甄毅買晚飯，可沒想到，蘇迪竟然自己提出來了。

這邊大明星目瞪口呆，那邊蘇迪卻彷彿完全沒有察覺到，逕自出了門。

直到病房門再次關上，葉雨宸才從驚訝中回過神，一轉頭發現甄毅滿臉狐疑地看著他，連忙打著哈哈道：「讓毅哥見笑了，我家助理平時從來沒有這麼積極主動，今天這麼反常我都被嚇到了。」

在影視圈，助理就是跟班小弟的身分，葉雨宸心想甄毅這樣的明星當然會覺得他對待蘇迪的態度很奇怪，所以連忙解釋了一下。

結果甄毅就彷彿沒聽到這句話，看著他認真地問：「雨宸，你這助理到底是什麼身分？」

葉雨宸的心跳漏了一拍，不過他控制住了面部表情，反問道：「毅哥，你這話是什麼意思？」

甄毅的眉皺了起來，他看起來很糾結，也很掙扎，這樣的表情出現在他這種鐵血硬漢的臉上，幾乎要讓葉雨宸以為明天太陽要從西邊出來了。

好一會兒後，甄毅才又開口：「他有一個叫安卡的朋友，你認識嗎？」

為了掩飾情緒，葉雨宸本來故作鎮定地扒了一口飯，結果突然聽到甄毅問出這個問題，一團飯頓時梗在了喉嚨裡，差點沒噎死。

「咳咳咳……」葉雨宸一陣猛咳，端起床頭櫃上的水猛喝了一大口，這才驚訝地問：「你怎麼會知道安卡的事？」

他知道之前安卡趕過來肯定是為了救他，畢竟被閃電擊中可不是鬧著玩的，地球醫生多半沒辦法處理得很好。可問題是蘇迪絕對不會向甄毅介紹安卡，那甄毅怎麼可能認識她呢？

他們宇宙警部不是都有個叫熟人胸針的道具，可以神不知鬼不覺地消除周圍地球人對他們的疑慮嗎？

難道說甄毅和他一樣，外星道具無法起效？可是講不通啊，就算熟人胸針沒用，甄毅也會以為安卡是醫院的醫生吧？畢竟她總是穿著白袍啊。

一時間，葉雨宸的腦中思緒紛飛，可他多變的神色，卻讓甄毅肯定了自己的猜測，葉雨宸，果然也認識安卡。

「她是我十三年前的女朋友。」甄毅再度一語驚人，這次，葉雨宸張大了嘴，下巴差點就要脫臼了。

於是，在他的震驚中，甄毅把下午發生的事簡單敘述了一遍。

「……等我清醒過來的時候已經回到片場了，可我甚至不知道自己是怎麼把車開回去的。這種情況以前我和安卡在一起的時候也發生過，過去我沒有想過這到底是怎麼回事，但今天我仔細想了一下。雖然很不可思議，但蘇迪對我做的，其實就是所謂的催眠吧？」

葉雨宸此刻很希望有個地洞能讓他鑽進去逃避現實，因為面對甄毅條理清晰的推理，他發現自己根本沒辦法否認。更何況，安卡是甄毅的前女友，光這一點就夠他回味無窮了。

可惡，蘇迪那個混蛋明明知道真相，居然還在這種時候跑出去，讓他一個人面對難題，實在太過分了！他又不會催眠術！

「雨宸。」見病床上的人不說話，甄毅再一次叫了他的名字。

男人的目光透著急切，但卻堅定，一瞬也不瞬地看著他，這讓葉雨宸更加為難。思念一個人長達十三年，他光是聽聽都覺得有些受不了，這樣的甄毅，他不忍心去騙，可說出真相的話，好像更加殘忍。

就在葉雨宸左右為難不知道該說什麼好時，病房門上再次傳來了敲門聲，很輕的兩下，但對葉雨宸來說卻像是救命稻草一樣。

「進來！」他立刻揚聲應話，彷彿這樣就能逃避現實，不用再面對甄毅似的。

病房的門被打開了，見有人來，甄毅也確實沒有再追問，而是和葉雨宸一起向外看去。

然而讓人意外的是，門外站著的竟然不是熟人也不是醫生或者護士，而是一個看起來只有七八歲大的男孩子。

他留著齊耳短髮，頭髮和眼睛都是淺栗色，長相漂亮得讓人驚豔，雖然一身銀灰色緊身衣的造型很奇怪，但絲毫不影響他讓人看一眼就轉不開視線的特點。

兩個大男人都愣住了，盯著男孩看了好半天，然後甄毅轉頭看向葉雨宸，一臉「你這小子真是深藏不露啊」，挑眉問：「你兒子？」

看看葉雨宸這張帥到毀天滅地的臉，再看看那足以和日月爭輝的男孩，甄毅覺得自己的猜測肯定八九不離十。

結果沒想到病床上的人一臉驚嚇，瞪大眼睛說：「毅哥你在胡說什麼，我今年才二十四歲，這要有多奔放才能生出這麼大的兒子！」

說完這句話，他轉頭看向門口的男孩，露出滿面笑容親切地問：「小朋友，你是不是走錯病房了？需要我幫你叫護士姐姐過來幫忙嗎？」

ALIEN INVASION ALERT! 外星警部入侵注意

>>>CHAPTER.3

門口的男孩面無表情地直視著葉雨宸，雖然看起來是孩子的外表，但那股隱隱帶著殺氣的神色，卻讓病房裡的氣氛瞬間凝重起來。

葉雨宸愣住了，他想不通一個小孩子怎麼會有這種神態，而演動作片出道、對情緒變化異常敏感的甄毅已經不由自主地站起身，護在了病床前。

「你就是葉雨宸？」男孩在這時往前走了兩步，還順手關上了病房門。

他的聲音清脆悅耳，分明就是很好聽的童音，可問話的語氣卻夾雜著高高在上的輕蔑，讓人聽了很不舒服。

葉雨宸還沒回應，甄毅已經沉聲開了口：「你到底是誰？想幹什麼？」

「不相關的人，給我滾開。」

男孩終於把頭轉向甄毅，還微微勾起嘴角，笑彎了眉眼。不得不承認，當他露出笑容的時候，整個病房似乎都亮了起來，但他說出口的話，卻完全無法讓人維持驚豔的感覺。

甄毅往前跨了一步，還想說什麼，男孩卻突然微微睜大了眼睛，手往右一揮，一股看不見的力量猛然襲向甄毅，竟然將他整個人往右邊擊飛，重重撞到了牆上。

肉體撞擊到牆壁發出沉悶的響聲，但甄毅並沒有摔倒在地，而是彷彿被一隻看不見的巨掌壓在了牆上，不斷發出痛苦的呻吟。

他的雙腳騰空，不停掙扎踢動，可卻絲毫無法撼動鉗制他的力量。

「住手！」葉雨宸驚呼起來，想衝上去阻止，可他還沒來得及下床，男孩轉頭看向他，立刻就有另一股看不見的力量壓迫上來撞飛了他。

葉雨宸從病床上摔了下來，整個人幾乎趴在地上，而牆上的甄毅臉色已經變得十分難看，他的手在虛空中扳著什麼，可根本扳不開。

「放開他，有什麼就朝我來！」顧不上自己摔得渾身都痛，葉雨宸咬著牙抬起頭，雙眼透出憤怒的光。

他已經猜到眼前這個男孩的身分了，念動力 Level 7 的能力者，一個莫名其妙出現、想殺他的人。

從安卡和蘇迪那裡得知有這樣的人存在的時候他很驚訝，但也曾認真思考過自己是不是在無意間得罪了什麼人，甚至也考慮過這件事會不會和他那個外星人老爸有關係。

可現在面對出現在他眼前的這個男孩，他十分肯定自己並沒有見過對方。而且以他的年紀來說，自家老爹也沒有和他結仇的可能性。

既然如此，為什麼這個人想殺他？甚至不惜傷害他身邊的人？

聽到他的話，男孩嘴角的笑意更深了，他斜睨著葉雨宸，用甜甜的嗓音說：「你別急，我殺他用不了多少時間，不會讓你等太久的。」

說完這句話，男孩再度看向甄毅，瞬間笑容褪去，眼神變得冰冷。

「可惡，蘇迪……洛倫佐．金．哈克．蘇迪！你給我回來——」

隨著葉雨宸一聲拉長了音的爆喝，病房裡響起連續的「砰砰」聲，不過眨眼間，窗戶、茶几甚至天花板上的日光燈全部爆裂，而原本趾高氣揚的男孩則抱住了頭，跪倒在地露出痛苦的表情。

甄毅像被剪斷了吊繩的木偶，重重摔到地上。

外面的走廊上響起了雜亂的腳步聲，有人大聲喊著「發生什麼事了」，病房門剛被人拉開一條縫，就被突然出現在門內的人用力關上。

葉雨宸氣喘吁吁地抬起頭，看到蘇迪的剎那，緊繃的神經放鬆了，他虛弱地勾起嘴角，只可惜笑容尚未綻開，人已經失去了意識。

一片狼藉的室內，蘇迪微微睜大眼睛，驚怒地看向那個原本一臉愣愣地抱著頭，卻在看到他後臉色變得慘白的男孩。

「蘇迪……蘇迪！救救毅哥！」

葉雨宸的手在半空中瘋狂揮動，他的額頭布滿冷汗，聲音像被卡在喉嚨裡無法發出來一般暗啞。

他的眉心皺得死緊，露出痛苦的表情，顯然被困在惡夢之中，無法靠自己的力量清醒過來。

坐在床邊的蘇迪看著他苦苦掙扎的樣子，眉心微蹙，俯身握住他的手。火熱的掌心包裹住他冰冷的手指，彷彿傳遞了生命的力量，漸漸地，葉雨宸安靜下來，他用力握著蘇迪的手，就像是抓著一根救命稻草。

「蘇迪！救我們！」隨著第二聲驚叫，葉雨宸猛然坐起身，瞪大了眼睛。

等模糊的視野完全恢復清晰，他才發現自己回到了家，身下是他最喜歡的超柔軟席夢思，而窗外已經一片漆黑。

鋪滿玻璃碎片的病房地板不見了，要殺他的男孩不見了，倒在地上無法動彈的甄毅也不見了。

「你醒了。」蘇迪把床頭櫃上預先準備好的一杯清水遞了過來，同時斜眼瞄向仍然被葉雨宸緊緊抓著的手，淡淡地說：「沒事了，甄毅也已經回家了，你可以放開我的手了嗎？」

葉雨宸這才發現自己握著蘇迪的手，耳根頓時有點泛紅，他連忙甩開蘇迪的手，轉而接過杯子。

心跳很快，不知道是因為惡夢還是因為蘇迪的調侃，總之，他連忙喝了兩大口水，這才激動地轉移話題：「那傢伙是誰？為什麼要殺我？」

是的，他確實短暫失去了意識，但並沒有失憶，蘇迪居然不主動說明，這讓他十分不滿。

蘇迪兩手環抱在胸前，思索了好一會兒，才面無表情地開口：「關於這件事，我很抱歉。」

「你抱歉？為了什麼？」

「薩魯想殺你是因為我。」

「薩魯？」葉雨宸一下子沒反應過來，下意識把這個名字重複了一遍。

蘇迪直視著葉雨宸，半晌後乾巴巴地接話：「是的，薩魯・恩格・菲切賽爾・米修，宇宙警部總部最高指揮官的小兒子，念動力 Level 7 的天才，未來註定會繼任宇宙警部指揮權的貴族後裔，也是差一點殺掉你的人。」

屋內陷入了沉默，好一陣子葉雨宸都沒辦法回過神來，而蘇迪的耐心一向很好。

直到樓下傳來門鈴聲，大明星才抖了抖，掀開被子企圖下床，一邊喃喃地說：「有人來了。」

蘇迪按住他的肩膀，把他推回床上，語氣波瀾不驚：「是薩魯，不用管他。」

這次葉雨宸沒有感到驚訝，他轉過頭，眨了眨眼睛，一本正經地問：「你不覺得應該向我解釋些什麼嗎？」

為什麼蘇迪會認識那個叫薩魯的孩子，為什麼薩魯因為蘇迪要殺他，更重要的是，殺人未遂的臭小鬼為什麼現在會來按門鈴？

蘇迪輕輕嘆了口氣，表情看起來很無奈。「我曾經救過他的命，而且陪伴過他一段不短的時間，所以他很依賴我。那年我被調往斯科皮斯星時，他還痛哭了一場。」

「所以？」

「原本我已經被調回宇宙警部總部了，也就是他所在的尤塔星，但我選擇了留在地球上。所以薩魯認為我是因為你才會拒絕調令，他以為只要你消失我就會回去。」

「儘管你說明了這件事的前後邏輯，但我怎麼還是覺得聽起來很可笑呢？蘇迪，這種時候可以不要講冷笑話嗎？」

「很遺憾，這是事實。」

葉雨宸定定看著蘇迪，半晌後歪了歪頭。「所以，我被追殺是因為你魅力太大？」

蘇迪聳聳肩，又攤了攤雙手說：「我覺得在薩魯看來是你魅力太大，畢竟我都被你引誘得不回總部了。」

雖然知道蘇迪是在開玩笑，但葉雨宸還是有把手裡的杯子砸到他頭上的衝動。

這算是哪門子的烏龍事件？外星人是怎麼教小孩的？那麼小的孩子就殺

氣這麼重真的好嗎？而且他難道不知道濫殺無辜會遭天譴嗎？

「尤塔星在宇宙中的地位很超然，在尤塔星人看來，大多數星球的人都是下等生物。」

完全看透了葉雨宸的心思，蘇迪開啟解惑模式，然後理所當然地換回了一個大白眼。

下等生物？哼，不過只是會一點超能力而已，有什麼好臭屁的。可惡，為什麼地球人偏偏就沒有超能力呢，造物主也太沒下限了，不知道宇宙應該遵循公平原理嗎？

正想著，門鈴又響了起來，緊接著，清脆的童音從外面模糊地傳來：「洛倫佐，我知道你在裡面，你出來好不好？我有話對你說。」

薩魯的聲音聽起來透著焦躁，沒有了半點高高在上的感覺。葉雨宸忍不住伸長脖子朝窗外看了一眼，只見小小的身影映在他家門口，夜幕之下，竟然透出幾分淒涼。

「洛倫佐，我求你了，你出來啊！」

「我已經道過歉了，你還不肯原諒我嗎？那你還要我怎麼樣！」

「洛倫佐．金．哈克．蘇迪！你給我出來！我以米修家族的名義命令你，你聽到沒有！」

「你再不出來的話，我、我……我就把這棟房子毀掉！」

一句接一句的呼喚，由哀求到氣急敗壞，再到威脅，蘇迪的表情卻至始至終沒有任何變化，彷彿根本沒聽到外面的聲音。

葉雨宸的眉卻漸漸皺了起來。一開始，他覺得蘇迪不理會薩魯是應該的，那種為了一己私欲隨便傷害旁人的死小孩就應該狠狠給他教訓，甚至，他很想看蘇迪直接胖揍那小子一頓。

可是在聽出薩魯聲音中的急切和不知所措時，他卻忍不住心軟了。其實薩魯的心情，並非不能理解。

救命恩人，依賴的對象，在遠去斯科皮斯星後好不容易回來，卻再一次離開，這種不想放走對方的心情確實會導致偏激，而且薩魯還那麼小，他有追過來的勇氣已經很不容易了不是嗎？

再說他是貴族，多半從小嬌生慣養，就算是地球上的富二代，很多也一樣不把別人的性命放在眼裡，只不過，他們沒有薩魯那種可怕的能力罷了。

想到這裡，葉雨宸也就釋然了，他覺得他現在應該慶幸的是這個 Level 7 的神童被蘇迪吃得死死的。

樓下的呼喚聲還在繼續，但已經沒有了任何囂張的氣焰，看來薩魯也很清楚，威脅對蘇迪根本沒有用。

「要不你去見他一面吧，至少好好談一談。」五分鐘後，葉雨宸忍不住提出建議。

蘇迪的嘴角微微勾了起來，就連出口的話都帶上了一絲促狹：「不介意他差點殺了你和甄毅了？」

「那怎麼辦？我這麼大的人，難道去和一個七八歲的小孩子嘔氣嗎？」

葉雨宸冷哼了一聲，重重扭過頭。

這句話讓蘇迪的神色變得有些微妙，他看著葉雨宸精緻的側臉，眸光閃爍，微微勾起了嘴角。

當然，這種表情只持續了一瞬間，片刻後蘇迪開口：「我已經說過在總部對他的處理下達之前不會理他，這是對他傷害你們的懲罰。」

一句話讓葉雨宸咋舌，喂喂，明知道薩魯有多在乎你，做出這種荒唐事也全是因為你，這種懲罰方式也太殘忍了吧？這傢伙的心難道是鐵做的嗎？

樓下的呼喚聲已經停了，葉雨宸再次探頭張望，看到那抹小小的身影垂頭喪氣地坐在他家門口，似乎是累了。

「不管怎麼說，他只是個小孩子，沒必要這麼嚴厲吧？」

收回目光，大明星再次為差點殺了他的臭小鬼求情，話說出口才意識到自己現在的行為根本是個抖M，他忍不住滿頭黑線。

蘇迪站起身，似乎懶得再和他廢話，轉身往外走的同時丟下一句涼涼的話：「如果你真的精力充沛的話，不如我幫你打通電話安排明天回片場。」

「這是兩回事！」大明星握著拳發出了抗議。

走到門口的蘇迪半側過頭，挑著眉說：「如果因為對方是小孩就不嚴厲對待，他永遠都不會長大。」

葉雨宸愣了愣，出神的這一會兒，蘇迪已經走了。安靜下來的臥室裡，床上的人撇了撇嘴，決定先去洗個澡。

舒舒服服洗完熱水澡，出來卻聽到窗外響起了「嘩啦啦」的雨聲，他跑到窗戶邊朝下看，薩魯居然還在門口，就這樣沒有絲毫遮掩地淋在大雨中。

「這兩個人到底在搞什麼！」抓狂地說了一句，他轉身跑出房間。

蘇迪正端坐在樓下客廳的沙發上，茶几上放著他的設備機，看到葉雨宸下樓，他抬起頭，揚起了眉梢。

「外面下雨了，很大。」葉雨宸沒好氣地開了口，不敢相信蘇迪居然真的無動於衷。

沙發上的人收回視線，面無表情地回應：「淋雨可以讓人清醒。」

葉雨宸瞪了瞪眼睛，突然發現他無法再勸蘇迪什麼。

他並不瞭解薩魯和蘇迪的過去，也不瞭解外星人的教育方針。好吧，或許對薩魯來說，蘇迪此刻的做法確實就是最好的，但眼睜睜地看著一個孩子在自家門外淋雨，他實在做不到。

感慨著自己還真是把抖M屬性發揮得淋漓盡致，葉雨宸深深嘆了口氣，走到門邊做了個深呼吸，這才拉開了大門。

可是，預期中的狼狽小孩被淋成落湯雞的場面並沒有出現，眼前的情景讓大明星瞠目結舌。

壞脾氣的小孩確實可憐兮兮地坐在他家門口，一聽到開門聲立刻激動地回過頭，並且在發現開門的並不是自己想見的人後露出了明顯的不滿，還冷冷哼了一聲。

但是，外面的雨勢明明不小，用傾盆大雨來形容也絲毫不過分，可雨水全部避開了薩魯，就像是被什麼看不見的屏障擋住了一樣。

所以蘇迪那傢伙一點都不著急，是因為知道薩魯不會淋到雨？心裡這樣想著，葉雨宸用力抓著門，扭頭咬牙瞪了沙發上的人一眼。

蘇迪卻在這時開了口，神色波瀾不驚，語氣更是淡漠：「他用能力避雨的話頂多也只能堅持一個小時，而這場雨會下一整晚。」

葉雨宸愣了愣，沒有糾結蘇迪為什麼總是能輕易看透他的想法，倒是很快反應過來這句話是什麼意思。

超能力也不是無底洞，沒辦法持續使用，一個小時，大概就是薩魯在地球上的極限了。

門外的小孩顯然也聽到了蘇迪的話，他瞪大眼睛，像是不可置信，又像是忍不住要發脾氣。可不管是哪一種，他最終什麼也沒說，只是死咬著嘴唇，惡狠狠地瞪著葉雨宸，一副在情敵面前不甘示弱的樣子。

葉雨宸翻了個大白眼，看著薩魯開口：「進來吧，你這樣待在外面會嚇到鄰居。」

雖然外表看起來是個正常孩子，好吧，漂亮得有點不正常，可是能控制雨水的降落角度可就不在常人的理解範圍內了。萬一被社區保全或者鄰居看見不知道會引起什麼樣的騷動，之前那次玻璃窗全部震碎的事還是動用了宇宙警部的力量才沒引發問題。

唉，如果要繼續和這群外星人糾纏下去的話，他是不是應該考慮搬家呢？

門外的小孩聽到他的話，先是愣了愣，接著露出猶豫不決的表情。可這份遲疑終究沒有持續太久，兩分鐘後，薩魯邁著大步走進了葉雨宸的家，背脊挺得筆直，就像是來巡視的長官。

筆直走到沙發前，他仰起頭看著面無表情根本就不看他一眼的蘇迪，鼓了鼓臉頰，大聲說：「洛倫佐！我要和你談談。」

葉雨宸在後面關上了門，沒有走近，而是兩手抱胸靠在牆上，擺出一副等著看好戲的表情。

沙發上的男人突然站起身，薩魯的眼睛頓時亮了起來，以為蘇迪終於要回應他了。

然而，事情的發展還是出乎了他的意料。蘇迪起身後走到櫃子前拿出吹風機，接著就走到門邊，替葉雨宸吹起了沐浴後只草草擦了擦的頭髮。

溫熱的暖風襲上頭皮，隨之而來的是蘇迪修長的手指，葉雨宸完全沒想到他會這樣做，整個人頓時呆若木雞，做不出任何反應。

而沙發邊的薩魯，垂在身側的雙手緊緊握成拳，小小的肩膀無法抑制地顫抖，他瞪向葉雨宸的目光，幾乎能在他身上燒出幾個洞來。

「我說，」感受到無形的強烈殺意，葉雨宸嘴角抽了抽，低聲開口：「你一定要現在做這件事嗎?我明天不用拍戲。」

蘇迪回應他的，是在他頭頂更加溫柔的撫摸、撥弄，和一句涼涼的話：

「人類是很脆弱的，不吹乾頭髮容易偏頭痛。」

葉雨宸的額頭因為這句話滑下幾根黑線。整整十分鐘，客廳裡除了吹風機的聲響外，寂靜得如同墳墓。而唯一神色自若的，就只有那個動作嫻熟得像美髮師的男人。

就在薩魯感覺自己的肺快氣炸時，蘇迪手中的吹風機停止了工作，男人面無表情地把吹風機收回櫃子，重新在沙發上落座。

他的行為非常清晰地表達了一種態度，他並不打算理會那個一直把目光膠著在他身上的男孩。

薩魯用力咬緊唇，他還想說什麼，剛張了張口，茶几上的設備機卻發出「嘀嘀」的響聲。沒有絲毫猶豫，蘇迪接通了來自設備機的通訊。

立體投影上緩緩出現一名金髮美人，安卡環視室內一圈，淺笑著開口：「人都在嗎？那太好了，我們一次把問題說清楚。」

蘇迪點了點頭，薩魯則撇了撇嘴，一臉不情不願的樣子。

安卡卻把視線率先定在了葉雨宸身上，揚聲道：「雨宸，你也過來。」

葉雨宸面露驚訝，抬手不確定地指了指自己的鼻尖，在安卡肯定地點頭後，這才眨著眼走近。

「雨宸，薩魯的行為觸犯了星際和平法規，根據星際刑事律法第一百七十四條，若受害人不提起訴訟，違法者可暫緩關押，改為口頭教育和行為約束。我現在以宇宙警部地球指揮部總負責人的身分詢問，你是否要起訴試圖殺害你的薩魯・恩格・菲切賽爾・米修。」

安卡的語氣很嚴肅，表情也正經得不得了，以至於連葉雨宸也感受到了這個問題的嚴重性。他原本還想開個玩笑緩和一下室內的沉悶氣氛，可話到了嘴邊，最終還是嚥了下去。

「只要他能改過自新，並且向毅哥道歉，我不打算起訴他。」認真思考了一下措辭後，葉雨宸也用一本正經的語氣回答。

安卡點了點頭，顯然並不意外他會這樣說，雖然認識的時間還不長，但某大明星本來就不是個難以理解的人。

視線隨即轉移到神情有些掙扎的男孩身上，安卡再度開口：「薩魯，你偷了你哥哥的權杖私自跑來地球的事，索羅上將十分生氣。但幸運的是，前往尤塔星的飛船要一個月後才會再次路過地球，所以你有一個月的緩衝時間。但由於你是戴罪之身，這一個月必須受宇宙警部的監管，並且要戴上限制器，絕對禁止再次使用能力。現在，你可以為自己選擇一位監管人。」

安卡說到這裡，目光十分自然地瞥向蘇迪，顯然認為薩魯會選擇他作為監管人。

儘管他現在和薩魯處於單方面的冷戰狀態，但如果當了薩魯的監管人，至少他們還會待在同一座屋簷下，說不定還會二十四小時形影不離。

男孩沒有立刻給出答案，但他確實在安卡說完後就偷偷地瞄向蘇迪。只可惜，後者的臉上沒有任何表情，就像是凍了千萬年的冰山，連一絲一毫的裂縫都沒有。

「我選他。」數分鐘後，三個字，伴隨著一個手勢，薩魯做出了他的選擇。

螢幕上的安卡和沙發旁的葉雨宸全都一愣，只有蘇迪依然處變不驚。

薩魯手指的人，赫然是葉雨宸。

大明星瞪圓了眼睛，滿臉不可置信。還是安卡的反應比較快，只愣了兩秒就恢復正常，再次確認道：「你選擇雨宸當你的監管人是嗎？」

薩魯遲疑了一瞬，接著堅定地點頭。「沒錯。」

「等一下！為什麼是我？」莫名其妙的決定讓另一位當事人跳了起來，葉雨宸發現他不能再保持沉默了。

安卡輕輕嘆了口氣，正想解釋，薩魯卻轉過頭瞪著葉雨宸，不爽地開口：「我選你是你的榮幸，難道你還打算拒絕嗎？」

一聽到這麼囂張的口氣，葉雨宸也有點火大，正要發作，眼角的餘光卻看到蘇迪正似笑非笑地看著自己，瞬間，不久前自己對蘇迪說過的話在腦海中跳了出來。

我這麼大的人，難道去和一個七八歲的小孩子嘔氣嗎？

靠！葉雨宸總算知道什麼叫搬石頭砸自己的腳了，好好的幹嘛要說這種廢話！這小鬼頭根本就不是什麼正常小孩啊，簡直氣死人！

雖然後悔到不行，但在蘇迪的注視之下，葉雨宸實在沒辦法發脾氣。

當下，他斜睨了薩魯一眼，隨後對著安卡露出一抹迷死人不償命的微笑，語氣溫和地說：「安卡上校，不管這個監管人的定義和職責是什麼，我都不想擔任。妳也知道我很忙的，明天就要回片場繼續拍戲了，接下來的檔期也都排滿了，實在沒空管教一個壞脾氣的小鬼。」

「你！」薩魯立刻臉色大變，他眼睛一瞪，茶几上的一個杯子瞬間爆裂，茶水順著茶几流到地上，沾濕了地毯，而裂開的玻璃碎片則差點劃傷大明星的臉。

「安卡上校，我可以起訴這個小鬼弄壞了我最心愛的杯子嗎？」維持著燦爛的笑容，葉雨宸再度開口。

薩魯的拳頭緊握，看得出來，如果不是顧忌蘇迪坐在沙發上，他絕對會直接把眼前這人的腦袋扭下來。

「薩魯，你還想繼續增加你的罪行嗎？當著洛倫佐的面？」安卡沒有回答葉雨宸的問題，而是將警告傳達給了當事人，同時無奈地瞥了始終一言不發的蘇迪一眼。

男孩咬緊唇，好一會兒後才搖了搖頭。

安卡繼續說：「雨宸確實是合適的監管人選，但你現在的態度可不是拜託他的樣子。要知道，作為被害人，他沒有義務幫你這個忙。還是說，你打算換一個監管人？」

語氣並不算重，甚至夾雜著無奈，很顯然，安卡對眼前這個貴族小孩也感到十分頭痛。

因為星際飛船航線固定的關係，沒辦法把這個小屁孩馬上送走。可是要和他講道理，又實在有點困難。畢竟，這是個不方便嚴厲訓斥，也沒辦法用武力解決的難題。

而唯一可以解決問題的男人，現在正在旁邊淡定看戲！

「對不起。」就在安卡以為薩魯打算和葉雨宸僵持到天荒地老時，倔強的小鬼居然轉身面向葉雨宸道了歉。

事情變化得太突然，就連葉雨宸都愣住了。薩魯一臉不情願，咬著牙說：

「請你當我的監管人，我保證不會再亂來了。」

ALIEN INVASION ALERT! 外星警部入侵注意

>>>CHAPTER.4

外星警部入侵注意

客廳已經安靜了整整二十分鐘，自從薩魯被安卡派來的宇宙警部帶走後，沙發上的兩個人就彷彿變成了石像。

葉雨宸斜眼看著蘇迪，蘇迪看著空氣，似乎沒人打算先開口。

但這一次，一向沉不住氣的大明星就像被入定老和尚附上身，完全不被室內的僵硬氣氛影響，就這樣定定地看著名義上還是他助理的某外星人，等著對方主動開口解釋。

牆上的掛鐘指向了九點半，蘇迪終於把目光轉了過來，眼底帶著一絲無奈。「對待審罪犯的監管實行二十四小時制，罪犯不得離開監管人半徑五十公尺範圍。他選擇你作為他的監管人，大概是因為知道我會一直在你身邊。」

「所以，我會多出這個麻煩的工作，又是因為你的魅力？」

「你完全可以認為是自己的魅力，我不介意。」

「我介意！」

面對葉雨宸丟過來的怒瞪，蘇迪攤了攤手表示自己的無辜，隨後關上設備機，起身說：「雖然你和安卡說明天就要回片場，但被閃電劈中隔天就回去工作實在不符合地球人的生理標準，所以我建議你還是在家休息一段時間。」

對於這個好心的建議，葉雨宸冷哼了一聲，兩手抱胸。「順便瞭解一下你們那位小少爺的脾氣是嗎？」

蘇迪被這句話逗笑了，他很少這樣笑，以至於葉雨宸嚇了一跳。

勾著嘴角的人神色戲謔地說：「好像不是我要求你接下監管人的工作的。」

葉雨宸愣了愣，有點惱羞成怒地抓起沙發上的靠墊朝蘇迪丟過去，嘴裡喊道：「靠，還不是因為你那個死小鬼才會跑到地球來，你居然好意思在這裡事不關己！」

「在背後說人家壞話，地球人都像你這樣嗎？」

突然在身後響起的聲音讓葉雨宸渾身一震，回頭，一扇虛空傳送門居然直接開在了他家裡，而某個囂張的死小鬼正邁著大步抬頭挺胸地走出來，還順便用略帶鄙夷的眼神看著他。

葉雨宸咬了咬牙，朝跟在薩魯身後走出來的安卡說：「上校，我家是有大門的。」

「抱歉，應該是佩里把座標的小數點搞錯了。」安卡歉意地微笑，知道葉雨宸不是真的生氣，很快把話題轉到了正事上。

她上前，拿出一枚鑲嵌著大寫U字形藍寶石的尾戒，解釋道：「這是監管人佩戴的限制器控制開關，現在是關閉狀態，如果想開啟的話，只要將字母轉動九十度就可以了。原則上，緩刑階段的犯人是不允許使用任何能力的，除非遇到危險需要自保。至於這個危險的定義，就由監管人自行決定了。」

雖然葉雨宸之前已經對監管人的概念有了大致的瞭解，不過現在知道有這麼不得了的權力之後，頓時覺得這個工作也不是那麼讓人鬱悶了。

他接過尾戒戴上，似乎是覺得有趣，還湊到蘇迪面前讓他看。後者面無表情，半晌後涼涼地開口：「你不用像展示結婚戒指一樣激動吧？」

聽到這句話，葉雨宸用力收回手，直直看著他問：「你的母星叫什麼名字？」

不明白他的思緒為什麼會突然跳躍到完全不相關的問題，但蘇迪還是回答了：「伊萊奧星，怎麼了？」

葉雨宸彎起嘴角和眉眼，露出燦爛明媚的笑容。「我還以為叫不毒舌會死星。」

蘇迪聞言一愣，片刻後無奈地搖了搖頭，總算沒有再吐槽什麼。

安卡在旁邊忍俊不禁，頭次來地球的薩魯則疑惑地皺起眉，嘴裡喃喃地嘀咕了一句：「不毒舌會死星？有這個星球嗎？」

三個大人對視一眼，面上閃過一致的默契，沒有人搭腔。

片刻後，安卡看著葉雨宸說：「這枚戒指地球人看不到，所以你可以放心戴著，不會影響你的工作。至於薩魯，我想你需要找一個合適的藉口向經紀公司解釋，畢竟，他需要待在你身邊接受監管。」

葉雨宸的目光朝蘇迪的方向飄了一眼，聳了聳肩說：「理由當然可以隨便找，不過有一個問題，甄毅那邊妳處理過了嗎？他可是看到這小子的超能力了。」

雖然他更想問的是有關十三年前某兩位的舊情史，不過當著小孩子的面他覺得還是含蓄一點比較好。而且八卦什麼的，甄毅可能還比較願意說。

果然，提起甄毅，安卡的神色不太自然。蘇迪看著她，心裡百分百確定這傢伙一定又沒有洗腦甄毅！

葉雨宸雖然還不瞭解安卡和甄毅之間是怎麼回事，不過此刻也十分體貼地保持沉默。只有薩魯彷彿不滿自己毫無存在感的事實，冷哼了聲說：「這種礙事的傢伙，直接殺掉不就好了，要製造成意外很簡單。」

「小朋友，」葉雨宸聽不下去了，轉身伸出一根食指戳在薩魯的額頭上，笑咪咪地說：「小小年紀就這麼嗜血可不好，尤其是你現在還是戴罪之身，至少應該先學會不要惹我這個監管人兼沒有起訴你的受害人不開心吧。」

「你威脅我？」薩魯雙眼瞪大，表情略顯凶惡。

葉雨宸沒有立刻回答，而是轉頭看向安卡，挑眉問：「他的能力確實已經被封住了吧？」

安卡滿臉微笑，背後開出一片小花。「沒錯，他現在和一個普通地球人沒什麼區別。」

「很好，」葉雨宸回過頭，同樣笑顏如花，「我不是威脅你，而是警告，再惹我生氣的話，我就打你屁股，不信你可以試試看。」

這句話一說出口，薩魯的臉色頓時變得很難看，他的拳頭驟然握緊，人不由自主地往前邁了一步。

如果是在尤塔星的話，只要他做出這樣的動作，任誰都會心裡一顫，可眼前這個只有一半星際血統的傢伙竟然面不改色地看著他，甚至眼中還透出幾分諷刺？

薩魯感覺自己快氣炸了，可限制器已經上身，他現在確實沒有鬧脾氣的資本。

冷哼一聲，他往前走了一步，身體幾乎貼上葉雨宸，抬著下巴問：「我要休息了，我的房間在哪裡？」

彷彿質問奴僕般的態度讓葉雨宸翻了翻白眼，他轉頭看向蘇迪，長臂一揮，用一本正經的語氣開口：「蘇助理，麻煩你去安排一下，我和上校還有些事要談。」

皮球突然踢到自己身上，蘇迪一愣，抬眼看到葉雨宸的目光中充滿了挑釁，頓時覺得無奈。

不和小孩子嘔氣？我看你嘔得很開心啊，明明已經二十四歲了，結果還是像個小孩。

作為生活在這片屋簷下唯一的「大人」，蘇迪站起身，朝毫不掩飾露出期待表情的薩魯看了一眼，隨後邁步走向樓梯。客房，確實是有一間的。

一樓很快安靜下來，葉雨宸鬆了口氣，朝沙發做了個「請」的手勢，和安卡一起入了座。

沉默了片刻，安卡微微笑了笑開口：「甄毅那邊，還要再麻煩你了，告訴他真相也無妨，只是務必要請他保守祕密。牽涉到我，我想他不會拒絕。」

葉雨宸扯了扯嘴角，抬手指著自己的鼻尖，哭笑不得地說：「要麻煩我？安卡姐姐，解鈴還需系鈴人啊。」

安卡搖搖頭，視線垂下，看向茶几上的倒影。「長痛不如短痛，現在我給他的一切希望，都將在未來變成他的絕望。」

「既然如此，為什麼妳不消除他的記憶？」

安卡愣了愣，這個問題，不久前在醫院裡蘇迪也想問她，當時她沒有回答，是因為葉雨宸突然醒了。

「這大概是我僅有的一點自私吧。即使永遠不再相會，我也不希望他徹底忘了我。」

「所以，妳還愛著他。」

「真正的愛情，確實難以磨滅。」

見安卡如此坦然，葉雨宸的眉心深深地皺了起來。他無法理解安卡在想什麼，以甄毅的個性，就算告訴他真相，他也不會介意吧？

「妳害怕如果你們在一起，會發生我父母那種情況嗎？妳擔心在未來的某一天，他會被妳捲入危險？」思索良久，葉雨宸提出了這個假設。

安卡再度搖搖頭，深深嘆了口氣，決定向葉雨宸和盤托出。

「我和甄毅相戀已經是十三年前的事了，他從翩翩少年成長為成熟的男性，而我卻沒有絲毫變化。雨宸，十年後會怎麼樣，你想過嗎？別人會以為他是我父親。

「或許你們會說，只要兩個人都不在乎外人的看法，在一起就好了。但問題是，隨著時間的推移，感情會越來越深植於心中，而到那時，如果要我眼睜睜看著他衰老甚至死去，對我而言，實在太過殘忍了。

「所以我退縮，並不僅僅是為了他，也是因為我根本不知道該如何承受最終的結局。」

直到安卡離開，她的話都還一直在葉雨宸的耳邊迴響，他就這樣愣愣地坐在沙發上，許久都無法回過神來。

是啊，他只站在甄毅的角度上考慮這個問題，卻沒有意識到自己忽略了安卡的感受。如果真的能有兩全的方法，安卡才是最不願意放手的那個吧，畢竟女性往往比男性更感性。

「我曾經憐憫過你們這些無法長壽的種族，因為你們比我們弱小太多了。可現在我才明白，很多東西，就算是付出壽命也無法換來。」

安卡離去前的最後一句話讓葉雨宸忍不住輕嘆。他起身，關掉客廳裡的燈，一步步走上樓。

本想回房間睡了，沒想到因為關了燈的緣故，走廊昏暗不明，他走過拐角時差點一腳踩上那團蜷縮著的陰影。

倒抽一口冷氣，葉雨宸急急收腳，等看清地上的陰影是薩魯後驚呼起來：「你搞什麼，大半夜坐在這裡嚇人嗎？小朋友不能熬夜的知道嗎？快點回去睡覺！」

因為安卡和甄毅的事，葉雨宸的心情不是很愉快，此刻看到薩魯實在有點不耐煩，心想這死小孩不知道又要搞什麼鬼了。

結果出乎他意料的是，儘管他的語氣不佳，地上的小孩竟然沒有跳起來反駁，而是緩緩抬頭看了他一眼後，很快又垂下了腦袋。

這反常的表現讓葉雨宸感到意外，彎下腰，他湊近薩魯，不確定地問：「喂，你到底怎麼了？」

正想著這小鬼是不是不敢一個人睡覺，伸出去的手卻在碰到薩魯的皮膚後猛然縮了回來。葉雨宸瞪圓眼睛，一把抱起地上的孩子大聲喊起來：「蘇迪，你快出來，他發燒了！」

指尖傳來的溫度幾乎能灼傷人，葉雨宸的心跳瞬間加速，開始擔心薩魯會不會燒成腦膜炎。

蘇迪的房門在幾秒後打開，他像平時一樣赤裸著上半身，只穿了一條寬鬆的平角褲。

對於他這種整天在家半裸的行為葉雨宸已經習以為常，可仍然忍不住翻了個白眼，尤其是，他發現這傢伙的肌肉好像又更誇張了。

蘇迪看了看幾乎失去意識的薩魯，並沒有伸手去試探他的體溫，而是面無表情地往浴室走，邊走邊說：「跟我來。」

葉雨宸連忙抱著薩魯跟上去，進了浴室，蘇迪打開水龍頭往浴缸裡放水，對身後的人說：「脫掉他的衣服。」

「啊？我來脫？」葉雨宸嚇了一跳，心裡想明明你們比較熟吧，為什麼要我來脫。雖然是沒發育的小屁孩，但在失去意識的情況下被脫光醒過來會很尷尬吧？如果產生什麼不必要的誤會怎麼辦！

蘇迪在這時側過頭，眉梢輕挑，語氣戲謔。「你是為了救他的命，他不至於認為你是變態。」

葉雨宸聞言瞇起眼睛，嚴肅地問：「你的超能力裡真的沒有讀心術這一項嗎？」

「沒有，只是你太好懂。」

波瀾不驚的話，差點惹得葉雨宸一腳踹過去，可咬了半天牙，他終究捨不得，所以認命地開始脫薩魯的衣服。

嘛，太好懂嗎？其實也沒什麼不好，至少比無法溝通強多了。

可是，十秒後，他滿頭黑線地問：「靠，這衣服到底要怎麼脫？為什麼我找不到拉鍊？」

薩魯身上那件看起來是連體式的緊身衣八成是尤塔星的衣服，款式對地球人來說實在有點奇怪，更重要的是，他好像不會脫……

「隱形拉鍊，在後腰。」蘇迪頭也不回，直接回話。

葉雨宸的額頭滑落兩滴冷汗，外星人就是外星人，思路和地球人完全不一樣，隱形拉鍊就隱形拉鍊嘛，藏在後腰到底是什麼鬼！

在男孩柔軟的後腰上摸了半天，他總算摸到了所謂的拉鍊頭，小得幾乎連指尖都捏不住！

滿臉崩潰地脫掉薩魯的衣服後，葉雨宸看到他胸口居然嵌著一顆指甲蓋大小的U字形寶石，但那很顯然並不是普通寶石，因為裡面有光暈不停湧動。

葉雨宸愣了一瞬，下意識地朝自己小指上的尾戒看了一眼，驚訝地問：「這就是限制器嗎？」

「沒錯。」蘇迪頭也不回地說，浴缸的水已經半滿，他關掉水龍頭，脫下手腕上的金屬環，順手丟了進去。

銀藍色的電流很快從金屬環裡溢出，不斷在水面下翻湧，而浴缸裡的水也漸漸變成了膏狀。

接著，他轉身從葉雨宸手上接過薩魯，彎腰把人放進水中。水面淹過薩魯的頭，他整個人沉到水底，銀藍色的電流在他周身打轉，那畫面唯美而神奇。

葉雨宸看著眼前這一幕，漸漸張大了嘴，總覺得就算把下巴張脫臼都沒辦法表達內心的震驚之情。

蘇迪在這時轉過身，隨手抽了條毛巾擦乾手臂上的水痕，解釋道：「大多數外星人的體溫都遠比地球人高，本身就需要通過特定方式降溫，而使用過力量之後體溫更容易攀升，如果不能及時降溫的話會很危險。」

雖然蘇迪的話聽起來並不嚴重，但想到幾分鐘前還趾高氣揚的小孩一下子就倒下了，葉雨宸還是意識到降溫是一件很重要的事，而蘇迪所謂的危險，也遠不如他表現得那麼輕描淡寫。

「所以說你每天洗澡需要一個小時其實是在降溫？在家總愛半裸也是因為體溫比較高？」也不知道怎麼的，看著蘇迪不輸C罩杯女生的胸肌，葉雨宸的思緒突然產生了跳躍。

蘇迪挑了挑眉，算是默認了這個猜測。

葉雨宸暗暗嘆了口氣，好吧，有關蘇迪每次洗澡都需要一個多小時以及動不動就光著上身的習慣，他一直百思不得其解，今天總算知道為什麼了。

疑惑得到解答的大明星很快把話題拉回正軌：「那他以後也要每天泡一小時嗎？」

「不用，他現在戴著限制器，不再釋放能量的話體溫能保持一段時間。」

葉雨宸聞言抽了抽嘴角，也就是說，這臭小鬼根本是把自己玩掛了吧，沒有能量還不能降溫還這麼亂來，他為了殺自己還真是拚了命啊……

想到自己現在還像個抖M一樣要當這小殺手的保母，葉雨宸的心情有些今夜無法入眠。

見他似乎沒有別的高見要發表了，蘇迪瀟灑地轉身，抬起手臂揮了揮說：「一個小時後把他撈起來丟到床上去就行了，明天早上還要做早餐，我先回房休息了。」

「喂喂，好歹是你照顧過的小孩，不用這麼絕情吧？你真的打算完全不理他了？」葉雨宸邊問邊跟著蘇迪走出浴室，反正要一個小時後才能把薩魯撈起來，他可不打算在浴室裡看著那個小裸男。

蘇迪在自己的房間門口停下腳步，沒有回頭，聲音清晰地傳過來：「處罰太輕會讓人記不住教訓，這一點你應該也很清楚吧？」

說完，他推開房門走進去，結果要轉身關門的時候，意外的發現葉雨宸也跟了進來。

大明星顯然沒有半夜闖進別人臥室很失禮這樣的自覺，而且完全把這當成了自己的臥室，十分隨意地在床上坐下，疊起雙腿說：「話是這樣說沒錯啦，但他畢竟還小嘛，或許你可以考慮黑臉白臉一起扮。」

站在門邊的蘇迪額頭滑下幾根黑線，盯著葉雨宸看了好幾秒後，乾巴巴地開口：「我剛才好像說過，我明天還要早起準備早餐，所以要先休息了。」

「啊，是啊，你確實說過，怎麼了？」

「我還以為我的潛臺詞很清楚，我要睡覺了。」

葉雨宸聽到這句話，臉上笑開了花，拍了拍身邊柔軟的床鋪說：「沒關係，我想你可能會需要一點時間醞釀睡意，所以打算在這裡陪你。」

「並不需要。」蘇迪面無表情地說。

葉雨宸聳了聳肩，一臉遺憾地說：「是這樣嗎？太可惜了，那你睡吧，我可以看點書，增加對其他星球的瞭解。」

他說著，起身走到書架旁，還真的伸手去抽蘇迪帶來的書。

修長的指尖剛劃過精裝的書脊，還沒用力，一條手臂從他腦袋旁邊伸出來，強硬地壓住了書，並且把他禁錮在火燙的胸膛和冰冷的書架之間。

背後突然覆上的溫度讓葉雨宸嚇了一大跳，那是他第一次切身感受到蘇迪的體溫，居然比他想像的還要高。

轉頭，他眨著眼睛問：「你確定你不需要去降降溫嗎？你感覺起來已經是一顆火球了。」

「沒錯，」蘇迪挑起眉梢，收回手臂抓住了他的上臂，拉著他往外走，邊走邊說：「所以在我還沒燒起來之前，你應該盡快離開。」

話還沒說完，葉雨宸已經被推出了房間，而且這次蘇迪為了防止他再殺個回馬槍，直接用力甩上門，堅硬的門板差點撞扁大明星的鼻子。

「喂！蘇迪！你這個小氣鬼，房間讓我待一下會怎樣嘛！憑什麼我要一個人等一小時！」葉雨宸抓狂，趴在門上一陣亂拍，絲毫不顧形象。

蘇迪回應他的是房門落鎖的聲音，還有一句涼涼的話：「現在你是他的監管人，而我不是。」

被丟下的大明星一臉這是哪我是誰，幾秒後，走廊上爆發出嘹亮的吼聲：「混蛋蘇迪，你根本就是在找藉口把照顧小鬼的麻煩事推給我吧！」

房間裡的蘇迪在這聲怒吼中感受到清晰的頭痛，而遠在浴缸裡沒有意識的薩魯也不自主地抖了抖。

這傢伙，如果經過訓練的話，超聲波的能力到底會達到哪個 Level？還真是不可預料啊⋯⋯

並沒有真的去睡覺，而是啟動了設備機的外星人心裡如是想著。

翌日早晨，因為是休息日的關係，機械鬧鐘比以往晚了一個小時跑進葉雨宸的房間，但無奈喊破了喉嚨，也沒有人解放它。

在樓下做完早餐的蘇迪站在樓梯口皺了皺眉，最終決定親自上樓取代機械鬧鐘。

結果讓人意外的是，葉雨宸的床上寢具工整，根本就沒人睡過，而機械鬧鐘正在空空如也的枕頭上跳來跳去。

走過去關掉鬧鐘，蘇迪眉梢輕揚，轉身走向客房。

客房在二樓的另一側，安詳幽靜，連窗外的鳥鳴都聽不到。門虛掩著，露出一條兩指寬的縫隙，蘇迪筆直上前推開門。

率先映入眼簾的是半滑落在地上的蠶絲被，接著是一個被蠶絲被壓在下面的枕頭，視線再向前，可以看到散落在地上的衣物，蘇迪微微瞇起眼睛，認出那是葉雨宸的衣服。

邁開腳步，他悄無聲息地走進房間，果然看到客房中央的大床上，一大一小兩隻懶蟲正相擁而眠。

不，相擁而眠這個說法並不是那麼準確，葉雨宸確實是抱著薩魯，只不過他整個人是斜在床上，而且抱的是一條大腿，而薩魯另一條腿正橫隔在他的腰上，手臂朝兩側大開，一條手臂甚至垂下了床沿……

如此混亂的睡姿下，兩個人的衣著自然也淩亂不堪，葉雨宸穿的是他那套超級瑪利歐的居家服，只不過衣襟大開，上衣也捲到了胃部。

薩魯則穿著一件明顯比他的身材大N號的T恤，直接狂野地捲到胸口上方，露出單薄的小胸膛以及……同樣明顯不合身、根本就是半掛著的內褲。

蘇迪看著眼前的景象，突然打了個冷顫，實在難以想像他們到底度過了怎樣的一晚。

「葉雨宸，起床。」蘇迪面無表情地沉聲開口，同時彷彿嫌棄般往後退了一步。

可能是已經被這句話叫習慣了，沉睡的大明星耳朵動了動，緩緩睜開了眼睛，但是當他看到那隻距離他完美的俊臉只有不到十公分遠的小腳丫時，一聲慘叫頓時響徹天空。

「怎麼了！」被慘叫嚇醒的薩魯驚坐起身，結果因為姿勢不對，差點把腳踹到葉雨宸的臉上。

幸好大明星反應快，一把捉住了那隻腳，在和薩魯大眼瞪小眼了足足兩分鐘後，兩人不約而同地轉頭看向了蘇迪，異口同聲地喊起來：「這到底是怎麼回事！」

蘇迪挑了挑眉，兩手環胸，淡定地接話：「這是我想問的。」

儘管他是在同時回答兩個人的問題，不過依舊是他來地球之後第一次得到了回應，薩魯的眼睛立刻亮了起來。他張了張嘴想說什麼，可在發現蘇迪的目光並不是落在自己身上後，又硬是忍了回去。

男孩的臉上閃過一絲失落，咬了咬唇，收回腿坐正。

葉雨宸也跟著坐直，頭腦清醒後，頓時想起了昨晚的事。

昨晚他被蘇迪趕出房間，無所事事地消磨了一個小時後，把薩魯送回了房間。

當時薩魯的體溫已經差不多降到地球人的正常值，但因為家裡沒有小孩子穿的衣服，他只好先隨便拿一件自己的T恤幫薩魯套上，打算今天再去買童裝。

但就在他幫薩魯蓋好被子準備回自己房間時，床上的男孩睜開了透著朦朧光芒的大眼，拉住了他的衣角。

「不准再丟下我一個人。」睡眼朦朧的孩子呢喃地說出了這句話，橘紅色的燈光下，那張漂亮的小臉蛋微微皺著，彷彿快哭出來一般。

不得不承認，葉雨宸在那一瞬間動搖了。

即使這孩子在不久前曾試圖傷害自己，即使知道這孩子遠不是看上去的那麼單純天真，可是在那一刻，他沒辦法掰開他的手，把他一個人留在房間裡。

爬上床，他輕輕把男孩擁進懷裡，嘆了口氣說：「好啦，我陪你一下，你乖乖睡吧。」

原本是打算等薩魯睡著就回自己房間的，哪知道這一陪，居然自己也陪到睡著了……

回憶到這裡，葉雨宸不禁扯了扯嘴角，幸好沒被這小子踢下床，不然真是虧大了！

而另一邊，薩魯似乎也想起了昨晚發生的事，身體最難受的時候有個微涼的懷抱擁住自己，救了自己的人居然是他嗎？還有被孤獨感包圍後自己試圖挽留的人，也是他嗎？

明明差一點就被自己殺掉，他居然還救自己，陪伴自己？

薩魯的臉上漸漸浮起了驚訝，對於自己昨晚在人前的示弱，他並不覺得難堪，因為他一向想做什麼就做什麼，反倒是葉雨宸的大度讓他無法理解。

地球人，難道不是有仇必報的嗎？

各懷心思的兩個人對看了好一會兒，葉雨宸輕咳了一聲，轉頭朝蘇迪露出燦爛的笑容，語氣熱切地問：「早飯是不是都準備好了？我好餓。」

回應他的，是蘇迪嘴角微微揚起的淺笑。「給你們五分鐘。」

丟下這句話，掌廚的男人轉身就走，葉雨宸和薩魯對視一眼，同時跳下床。

「我回自己房間刷牙洗臉，你去浴室，那裡有我幫你準備的新牙刷。衣服就先不要換了，吃完早餐我們再出去買，你自己那件可不適合在地球穿。」

風風火火地交代完，葉雨宸維持著燦爛的笑容迅速跑回自己的房間。

而薩魯在原地愣了足足一分鐘，這才回過神，快步走向浴室。

男孩的臉頰，微微有些泛紅。

ALIEN INVASION ALERT! 外星警部入侵注意

>>>CHAPTER.5

五分鐘後，兩人分秒不差地同時出現在餐廳，而且就連淩亂的髮型都如出一轍。蘇迪見狀挑了挑眉，涼涼地開口：「你們倒是有默契。」

葉雨宸噗嗤一笑，毫不在乎地在餐桌前坐下，順手拉出一旁的椅子，拍了拍後說：「小鬼，坐這裡。」

薩魯瞥他一眼，似乎對「小鬼」這個稱呼頗為不滿，但最終沒有說什麼，走過去坐了下來。

看著桌上豐盛的早餐，薩魯的肚子咕咕直叫，在葉雨宸轉頭滿臉揶揄地看向他後，更是漲紅了整張臉，咬著牙不爽地說：「看什麼看，來地球後我就沒有吃過東西。」

雖然來之前就調查過葉雨宸的資料，但畢竟地球對他來說人生地不熟，找到葉雨宸還是費了不少功夫。從他在地球降落到現在，中間足足隔了七十二小時。

本來以他的能力，昨晚那種體溫失控的狀況是不會發生的，就是因為一直餓著肚子，這才導致能量嚴重不足。

而在被宇宙警部控制之後，因為愛面子，他也一直沒說自己餓了，這才拖到現在。

葉雨宸一臉哭笑不得，這種挨餓的原因，就算薩魯不說他也完全猜得出來。

知道葉雨宸猜到了原因，薩魯的表情也有些彆扭，畢竟現在吃住都是在別人的屋簷下，這個自己一心想幹掉的傢伙還成了自己的監管人，簡直就是倒楣到家了。

而且，一想到很可能再因為這種事被說幾句風涼話……薩魯的牙都快咬碎了。

果然，葉雨宸笑呵呵地遞了餐具過來，還體貼地幫他夾了好多早點，說話的語氣更是像在教導幼稚園的小朋友。

「既然是出遠門，那多少應該記得帶點吃的嘛。我們地球有一款特別適合隨身攜帶的食品叫能量棒，等等我帶你去買一點吧，這樣下次你離家出走的時候就不用餓肚子了。」

看著被夾到自己餐盤中的精緻早點，薩魯差點把嘴唇咬破。

葉雨宸看到小傢伙一臉鬱悶，心裡樂翻了天，轉過頭強忍笑意，可顫動的肩膀還是出賣了他。薩魯強忍住用筷子在他肩膀上戳兩個洞的衝動。

最後是蘇迪面無表情的視線讓兩個人都乖乖收斂了，安靜地開始吃早餐。

葉雨宸發現今天蘇迪準備的早餐比平時多了不只一倍。他正覺得驚訝，結果扭頭就看到坐在隔壁的小鬼正在狼吞虎嚥，看他這樣子，感覺像準備把所有東西都掃空。

難道蘇迪知道小鬼一直餓著肚子？這樣想著的葉雨宸，也不禁加快了進食的速度。

三個人風捲殘雲般吃完了早餐，葉雨宸正驚嘆著薩魯的食量，小鬼卻一臉不爽地指著葉雨宸，瞪著蘇迪問：「你不願意回總部，就為了留在這裡當他的僕人？」

當僕人？葉雨宸差點被自己吃進去的最後一口燒賣噎死，頓時一陣猛咳。

蘇迪對這句話卻毫無反應，見他咳嗽，還體貼地上前拍了拍他的背，這樣還真有幾分男僕的味道。

在他輕柔的拍背動作下，葉雨宸咳得更厲害了。

薩魯在旁邊看得眼珠都快瞪出來了，再想起昨晚蘇迪幫葉雨宸吹頭髮的一幕，原本漂亮的小臉都有點扭曲了，就好像是最重要的玩具被人玩壞了一樣。

好一陣子之後，葉雨宸才停下咳嗽，擺著手說：「不是，薩魯你搞錯了，蘇迪是我的……」

沒想到，話還沒說完，就被蘇迪冷冷打斷了：「我是他的誰和你無關，但既然你要留在這裡，就好好尊敬他。」

薩魯因為這句話僵了僵，他渾身發抖，咬著牙說：「來地球後你對我說的第一句話，就是要我尊敬他？憑什麼？他只是個下賤的地球人……」

「啪」一聲，男孩未完的話被蘇迪一巴掌打了回去。他的頭偏向一側，眼睛大睜，一臉不可置信。

葉雨宸也跟著渾身一顫，他實在沒想到蘇迪居然會動手，這……從教育的角度來說，這樣不太好吧？雖然下賤的地球人這句話確實很欠扁！

蘇迪在這時收回手，看著薩魯的眼神卻冷到了骨子裡。「再讓我聽到這種話，你就滾回安卡身邊去。」

倔強的男孩捂著臉回過頭，想說什麼，可最終因為蘇迪冰冷的盯視而沒說出口。他委屈得眼淚在眼眶裡打轉，惡狠狠地瞪了蘇迪一眼後，轉身就要往樓梯的方向走。

「等一下。」發話的是葉雨宸，不但開了口，還動了手，直接抓住薩魯身上那件不合身的T恤。

因為後領被拉住而不得不停下腳步的男孩轉過頭，看向葉雨宸的目光透著濃濃的殺氣，顯然，尊敬葉雨宸這件事在他看來還是個笑話。

大明星卻不在意他的態度，而是好像剛剛什麼事都沒有發生一樣，從後面半摟著他的肩膀說：「不是說好吃完早飯去買衣服嗎？難道你打算整天穿著不合身的衣服？你看，內褲都要掉下來了。」

隨著最後一句話，葉雨宸還用手指勾了勾內褲邊緣，薩魯瞬間緊抓著褲腰跳起來，紅著臉朝他吼：「你幹嘛！」

葉雨宸兩手插腰，俯身和他腦袋對腦袋，笑咪咪地開口：「不幹什麼，陪你去買衣服。」

「我才不要……」

「不要什麼？不穿下賤的地球衣服嗎？我偏要你穿給我看。啊對了，你那套外星衣服非常不符合我的審美觀，已經被我扔掉了。」

始終維持著笑容的葉雨宸這次沒有再縱容薩魯，直接把人抱起來扛在肩上，轉頭對蘇迪說：「走，我們去逛街。」

「你放我下來，可惡，你這個……放我下來！」男孩抓狂地大叫，只可惜他那點掙扎的力量，葉雨宸實在沒有放在眼裡，直接扛著人就走到了大門前。

蘇迪看著他們沉默了幾秒鐘，挑了挑眉，拿起車鑰匙跟了上去，可眼角的目光卻不由得朝沙發上放著的早報瞄了一眼。

頭版頭條上，人氣偶像葉雨宸在片場被閃電擊中的新聞特別刺眼……

上了車，率先響起的是Alex悅耳清脆的女聲：「早上好，洛倫佐中校，葉先生，薩魯閣下。」

被閣下兩個字嚇了一跳，葉雨宸眨了眨眼，朝坐在身旁滿臉不情願的男孩看了一眼，恰巧看到他臉上尚未褪去的指痕，心裡忍不住給勇敢的蘇迪點個讚。

駕駛座上的蘇迪把墨鏡和鴨舌帽遞到後座，同時開口：「早上好，Alex，去雨宸常去的精品店。」

「好的，中校。」Alex 回道，隨後熟門熟路地開始自動駕駛。

薩魯到此刻才反應過來，驚訝地問：「妳是 Alex 007？斯科皮斯星爆炸中倖存下來的智慧型汽車機器人？」

聽薩魯提起異星，葉雨宸好奇地豎起耳朵，之前他聽蘇迪好像也提過這個星球，只是完全不知道在那裡發生過什麼事情。

Alex 沉默了幾秒，見蘇迪沒有任何反應，這才回答：「是的，薩魯閣下，很高興您還記得我。」

薩魯坐正身體，直視著 Alex 發出聲音的控制臺，認真地說：「我看過佩里提交的關於妳的報告，一直想見妳一面。」

「這樣啊，為什麼呢？」

「我想……謝謝妳保護了他。」

略顯遲疑地，薩魯終究還是說出了這句話，他的目光筆直地停留在控制臺上，一絲一毫的偏移也沒有，但不知道為什麼，葉雨宸十分肯定他指的人是蘇迪。

好奇心瞬間被勾起，葉雨宸很想問問斯科皮斯星到底是怎麼回事，能讓薩魯在這種情況下道謝的保護，應該是很嚴重的事情吧？蘇迪那傢伙，在那裡經歷了什麼？

他忍不住透過後照鏡朝蘇迪看去，但是很可惜，那個冷硬男人的目光直視著前方，不願給予任何回應。

車內安靜了片刻，似乎就連 Alex 都陷入了回憶，許久後，悅耳的女聲才再度響起：「薩魯閣下，我也很想感謝您如此關心中校。這次中校能豁免，相信您也從中周旋了不少吧。」

葉雨宸之前從蘇迪那裡聽過有關 Alex 的介紹，知道她除了擁有過人的智慧之外，還擁有自己的感情。他本來對此不以為然，並不認為機器人可以擁有感情這種東西，但現在聽到 Alex 的話之後，他明白蘇迪沒有誇大事實。Alex 對蘇迪的感情，不僅僅是上下屬之間的嚴謹，還有屬於親人間的彼此珍惜。而她在這種情況下提起薩魯為蘇迪周旋的事，更是希望能調解兩人間僵硬的氣氛。

這一點，她甚至做得比他更好。

薩魯這次沒有再回應，男孩把目光轉向窗外，看著飛快倒退的景象陷入沉默。

葉雨宸再次偷偷地看向蘇迪，並且成功地在後照鏡中捕捉到了男人的目光，蘇迪看起來很平靜，但眼底深處卻似乎隱藏著什麼很深的東西。

葉雨宸隱隱感覺到斯科皮斯星的故事會很沉重，甚至，也許不是他該好奇刺探的過去。

時間在沉默中流逝得不知不覺，回過神時，精品店的大門已經映入眼簾。

葉雨宸豎起外套領口，轉頭對薩魯笑了笑說：「到了，我們走吧。」

輕快的嗓音喚回了薩魯神遊的思緒，轉頭對上葉雨宸燦爛的笑臉，男孩周身的氣壓回升了一些，點了點頭。

「您好，歡迎光臨，啊……雨宸？這不是雨宸嗎？你不是被閃電擊中了嗎？怎麼會出現在這裡！」

一進店門，葉雨宸就脫下戴了一路的墨鏡和鴨舌帽，頓時引起店員的驚呼。幸好，現在是工作日的早晨，店內還沒有其他客人，精品店的裝潢設計也十分注重隱私，這才沒有引起不該有的騷動。

圍上來的兩名女店員滿臉緊張，因為和葉雨宸很熟了，更是毫不避諱地把他從頭看到腳，彷彿不敢相信他真的活生生地站在眼前。

大明星哈哈笑了笑，擺著手說：「放心啦，我沒事，只不過拍戲不是很順利，想偷個懶，就故意跟媒體說得嚴重了一點。」

「真的嗎？看到報導我們真的嚇死了，剛剛店長還打電話來說要去探望你呢。」

「是啊，雨宸你也真是的，好歹為我們這些粉絲考慮一下嘛，現在起碼有幾百個人跑去你的公司抗議了。」

店員的話並非沒有道理，畢竟藝人出事，粉絲也只能找經紀公司發洩情緒。

何況葉雨宸這次的情況特殊，因為薩魯闖出來的禍，宇宙警部那邊出動了不少人力才把事情擺平。相關人員都被催眠，經紀公司方面也做了處理，目前對外則宣稱葉雨宸需要靜養，已經私下換了醫院。

提到抗議，葉雨宸的嘴角抽了抽，不用打電話給陳樂他也能猜到現在公司的狀況肯定很慘。不過嘛，難得有機會讓阿樂鍛煉鍛煉公關能力，也沒什麼不好嘛哈哈。

想到這裡，大明星心安理得地露出了燦爛的笑容，把跟在身後的薩魯拉上前，愉快地說：「對了，今天來是想拜託妳們幫他選幾套衣服。」

因為全部的注意力都在偶像身上，兩名年輕的女店員之前並沒有注意到蘇迪和薩魯，此刻看到兩人後，頓時兩眼放光。

「哇，好漂亮的小正太，還有這位難道就是傳說中的蘇助理嗎？真的超帥，比夏玲說的更帥耶！」

「是啊，我簡直不敢相信自己的眼睛，雨宸你也太幸福了吧，居然有這麼帥的助理整天陪在身邊。還有這個小弟弟是誰呀？真的好漂亮噢，比現在當紅的那些童星更好看。」

原本只對自己死心塌地的粉絲現在開始對別的男人流口水，一般人遇到這種情況大概都會有點不爽，但葉雨宸不會，相反，他還覺得挺得意。

「沒錯，這位就是蘇助理了，全名叫蘇迪。至於這個小鬼嘛，他是我親戚的小孩，離家出走跑到我這邊來的。」

「咦？這麼小就會離家出走嗎？膽子還真大。」

「就是啊，什麼都沒帶就過來了，幸好沒被人拐走呢，哈哈哈。」

「這麼漂亮的小孩如果被拐走也太恐怖了，對了，他叫什麼名字？」

這邊葉雨宸和店員聊得很嗨，那邊薩魯的臉都黑了，這種被人當成任性死小孩的感覺簡直讓人崩潰！

所以在聽到店員問他的名字時，他挺起胸膛，大聲說道：「我叫薩魯・恩格・菲……唔唔……」

沒有說完的姓氏被強行堵回了喉嚨裡，葉雨宸緊緊捂住薩魯的嘴，抽動嘴角笑著接話：「他叫薩魯，薩魯・恩格，是個混血兒。」

「果然是混血兒嗎，那我沒有猜錯呢。混血兒就是比一般小孩漂亮吶，尤其是眼睛。」店員以為小孩子鬧彆扭，並沒有多想，在知道他的名字後，就帶他去了童裝區。

另一名店員則先幫葉雨宸和蘇迪倒了茶，讓他們在沙發上稍候，接著也跟了過去。

薩魯不情不願地跟上女店員的腳步，可還是沒忍住回頭狠狠瞪了葉雨宸一眼。可惡，擅自幫人改名字，回頭我要告訴父親大人，讓他好好修理你！

葉雨宸接收到薩魯的瞪視，反而笑得更開心了。他轉頭看向蘇迪，拿起杯子喝茶，用只有兩個人能聽到的音量調侃他道：「如果剛才我說他是你的私生子，你打算怎麼回應？」

蘇迪側目瞥他一眼，涼涼地說：「告訴她們是和你生的？」

「噗——咳咳咳……」葉雨宸剛剛喝進去的一口茶全噴了出來，然後劇烈咳嗽起來。蘇迪則在另一杯茶被他茶毒前快速端起，穩穩喝了一口，再也沒做什麼替他拍背順氣的動作。

「雨宸，你怎麼了？」童裝區的女店員聽到動靜，立刻發出詢問。

葉雨宸只能邊咳嗽邊勉強回答沒事，同時用殺人的眼神瞪向差點害他被茶水嗆死的罪魁禍首。

被他這麼可愛的表情瞪著，蘇迪發現自己的嘴角忍不住有上揚的趨勢，為了維持冷峻冰山美男子的形象，他端著杯子半轉過身，避開葉雨宸的視線。

不過即使如此，心底深處不自覺湧起的笑意，還是浮現在了他深邃的雙眼中。他沒有注意到，他現在面對的方向有一面穿衣鏡，而他細微的表情變化，全都透過那面鏡子映入了葉雨宸眼中。

還在咳嗽的大明星注意到了，臉上先是閃過驚訝，隨後忍不住咧開嘴角笑了起來。

五分鐘後，第一套衣服試穿完畢，在兩名女店員興奮的讚嘆聲中，薩魯被帶到葉雨宸和蘇迪面前。

宴會風的白色箭袖襯衫搭配深藍色馬甲背心和黑色花式領結，下身則是藍黑格紋短褲，搭配黑色小腿襪和深藍色圓頭皮鞋，讓他整個人看起來就像是個西方小貴族。

「不錯不錯，很好看。」葉雨宸拍了拍手，很滿意薩魯的新造型，一旁的蘇迪沒有評論，不過從表情來看似乎也是首肯的。

於是女店員又拉著薩魯去試其他衣服，彆扭的男孩雖然一開始不情不願，可愛美之心人皆有之嘛，看到新衣服這麼好看，他也逐漸興致勃勃起來。

半小時後，葉雨宸的腳邊堆滿了購物袋，如果不是蘇迪制止，他八成能搬空整個童裝區。

「需要我提醒你他只會在這裡待一個月嗎？」蘇迪面無表情，語氣微微焦躁。

要知道，葉雨宸一向是購物一時爽，整理火葬場，最後這些收納之類的雜事，全部都要他這個「助理」來操勞。

「有什麼關係嘛，大不了讓他帶回家啊。」葉雨宸一邊輕鬆地回應，一邊眉開眼笑地看著薩魯現在穿在身上的米黃色套裝。

唔，小孩子的衣服就是比大人的好看嘛，他總算能夠體會那些年輕爸媽為什麼會整天瘋狂曬小孩了。如果薩魯是他的小孩，他現在一定在臉書上po一百張照片！

不用猜也知道他在想什麼的蘇迪，還是忍不住潑了冷水。「你覺得他回家之後還會碰這些地、球、衣、服嗎？」

葉雨宸轉過頭看向他，斜著眼睛一臉不爽，可幾秒鐘後，又笑成了一朵花，愉悅地回答：「管他呢，反正我看不到，我可以當他穿了。」

蘇迪懶得反駁他的阿Q精神，提起地上大堆的購物袋，率先走人。

「薩魯，走了，跟大姐姐說再見。」戴上鴨舌帽和墨鏡，葉雨宸走過去牽起男孩，興致盎然地扮演起家長的角色。

薩魯暗地翻了個白眼，勉強擠出一絲笑容，朝兩名女店員揮了揮手，用彆扭的語氣說了「大姐姐再見」五個字。

葉雨宸滿意地點了點頭，和店員打聲招呼後，兩人一起走出了精品店的大門。

「雨宸？」

剛出門，帶著不可思議語氣的聲音在身側響起，葉雨宸轉頭，看到夏玲瞪圓了眼睛，正用見鬼一樣的眼神震驚地看著他。

「啊，是阿玲啊，這麼巧，妳怎麼會在這裡？」

明明自己才是不應該出現的人，葉雨宸的回話簡直讓夏玲崩潰。

她一個箭步衝上前，緊張地問：「你沒事了嗎？居然已經可以出門了？我早上還看到樂哥滿臉憂鬱，擔心得要死呢。」

「沒事了啦，不過還要休息幾天才會回片場。幫我轉告阿樂，要他別太擔心了。」

「呼，那就好，總算是能安心了。不過……被閃電擊中耶，你真的沒事嗎？」夏玲滿臉懷疑，還湊近上上下下掃視葉雨宸，生怕他有什麼自己都沒察覺到的問題。

「真的沒事啦。對了，妳怎麼在這個時間跑來這裡啊？我記得妳今天有廣告要跟吧？」葉雨宸隨口問著，心裡有點納悶。

他會選今天來買衣服，當然也是考慮了很多因素。這家精品店是他們公司的主要服裝贊助商之一，所以來這邊很容易遇到同事，但今天公司有好幾個活動，應該沒人會過來才對。

提起來這裡的理由，夏玲一臉生無可戀，火大地「嘖」了一聲。「別提了，還不是那個大老闆親自挖過來的童星張菲菲，脾氣比傳聞還大，硬是吵說廣告公司提供的衣服很難看，她不要穿。結果鬧得廣告也沒辦法拍了，樂哥派我過來挑幾套好看的衣服趕快拿過去。」

「張菲菲？我們還沒正式和她簽約吧？就這麼拽？」

「就是啊，但她現在確實紅啊，何況大老闆說了肯定會簽她。不是我要說什麼，這種童星進了公司以後只會給我們惹麻煩，我還再奇怪為什麼她之前的經紀公司肯和她解約呢，現在總算知道理由了。唉，如果不是我們公司原本沒有童星這塊，急缺人才的話，大老闆也不至於去挖這種名聲不好的小鬼來啊。」

夏玲碎碎念了半天，看得出來確實很不爽。

不過也是，他們晨光影視在界內也算大咖，公司員工到外面工作的話，很多明星也要給他們幾分薄面，現在卻被一個任性的小鬼打臉，確實鬱悶。

葉雨宸聽完夏玲的抱怨，也挺無奈，但畢竟這種事和他沒什麼關係，他也幫不上什麼忙，只能說幾句安慰的話。

夏玲心裡當然也清楚這些，只不過，這種事向人訴訴苦的話，心裡多少會好受些，何況向帥哥訴苦更是事半功倍。

兩個人互相道了別，正要走，夏玲的手機響了起來，她低頭看了一眼，連忙接起來就開口：「樂哥！我已經到店門口了，拿了衣服馬上就趕回去。」

一聽是陳樂打來的，葉雨宸很自然地停下了要邁開的腳步，接著就看到夏玲臉色一變。

「什麼？回去了？不是吧，這支廣告檔期很緊啊，今天再不拍就來不及了。」

「可是這樣我們要賠違約金的啊。」

「好吧……我知道了，所以我就說不能找這個小鬼嘛。」

「是——我馬上回去。」

掛了電話，夏玲一臉生無可戀，抬頭看到葉雨宸還在，用力跺了一下腳，火大道：「那個張菲菲居然說今天沒心情不拍了，靠，大老闆的電話都沒辦法把人攔下來。」

「那廣告很急？」

「是啊，馬上就要播出了，之前找人花太多時間了。可惡，樂哥現在也很生氣，說不拍就不拍了，我們又不是賠不起違約金，他要去和大老闆說取消和張菲菲簽約的計畫呢。」

一聽事情搞成這樣，葉雨宸的眉心也跟著皺了起來。賠一筆違約金對公司來說當然不算什麼大事，但為這種小孩子影響了信譽，還真是不值得。

「還不能走嗎？」

就在這時，清脆的童聲忽然響起，葉雨宸和夏玲同時轉過頭，看到薩魯站在不遠處，正一臉不耐煩地看著他們。

剛才出門的時候遇到夏玲，葉雨宸就放開了薩魯的手。這小鬼自然不是會乖乖站在這邊聽人說話的小孩，所以自己跑回了車上，此時遲遲不見葉雨宸出現，就被蘇迪打發過來喊人。

「阿玲，那……」葉雨宸正想說那他們就先走了，反正留下也幫不上什麼忙，結果夏玲用超高分貝的尖叫打斷了他的話。

「啊啊啊啊啊，小帥哥，超級小帥哥！」夏玲像是見了雞的黃鼠狼，兩眼發光地衝過去一把抱起薩魯。

「喂，妳幹嘛啊！放我下來！」薩魯立刻掙扎起來，他實在搞不懂，為什麼這些地球人都喜歡對他做這麼粗魯的動作！早上葉雨宸對他做過，現在這個不知道哪裡冒出來的瘋女人又來?!最可惡的是，他居然還無法掙脫！

夏玲完全不顧薩魯的手掌推在她臉上讓她的臉都變形了，轉過頭一臉興奮地問：「雨宸，這個小弟弟是誰？」

「呃，是我親戚的小孩，臨時過來住一個月的。」葉雨宸說話的語氣有點僵硬，他已經想到夏玲想幹什麼了。

「讓他來拍廣告吧！他的話，效果肯定比張菲菲更好！」夏玲激動得眉飛色舞，雨宸親戚的小孩啊，那更好了，肯定有表演的遺傳基因啊！

這下輪到葉雨宸說不出話了，讓薩魯去拍廣告？呃，他怕薩魯的殺傷力會比張菲菲更恐怖啊！

夏玲已經抱著小孩衝過來，繼續勸說道：「雨宸，就當是為了公司嘛。這樣我們就不用付違約金，公司信譽也不會受損了啊，大老闆一定也會感激你的。雨宸，你就答應吧！」

葉雨宸一臉為難，目光才向薩魯看過去，小鬼就大聲說：「不管你們是要幹什麼，我都不幹！」

果然，葉雨宸抬手捂住了額頭。

確實，如果薩魯願意的話，真的可以完美解決這件事，可問題是，這死小鬼的脾氣根本就比張菲菲還大，怎麼可能讓他心甘情願去幫「地球人」的忙嘛……

「怎麼了？」沉穩冷靜的嗓音在這時響起，葉雨宸轉頭看到蘇迪，腦中突然閃過了一個華麗麗的主意。

「我知道怎麼辦了！」大明星拳掌相擊，渾身上下冒出激動的小花。

因為遲遲等不到人不知道什麼情況所以過來看看的蘇迪，在看到葉雨宸表情的這一刻，突然一陣惡寒……

ALIEN INVASION ALERT! 外星警部入侵注意

>>>CHAPTER.6

漂亮的公園裡，年輕帥氣的爸爸正陪著漂亮神氣的兒子學騎腳踏車，爸爸放手的那刻，臉上浮起了一絲淡淡的笑意，雖然並不明顯，但滿足和欣慰的意味十足。

男孩笑得很開心，可當他發現爸爸放手，立刻有些慌亂，腳踏車失去了平衡，男孩重重跌倒在地。

淚水幾乎瞬間就湧了上來，年輕的爸爸快步上前，扶起小孩，眼中透出寵溺，輕輕刮了刮他的鼻尖，變魔術般拿出一顆巧克力，放進了他的嘴裡。

男孩先是一愣，隨後突然笑了起來，撲進了爸爸的懷裡。

那是一個很燦爛的笑容，燦爛到能讓所有人都感受到濃濃的幸福。

「卡！」隨著導演一聲激動的吶喊，整個拍攝組都激動地鼓起掌來，夏玲更是轉頭一把抱住就站在她身邊的葉雨宸，興奮地說：「太棒了，雨宸，真是太棒了，這絕對是我這輩子跟過的最完美的一支廣告！」

葉雨宸也笑得很開心，可還是指手指了指自己的鼻尖，挑眉道：「真的嗎？那我去年的那支香水廣告呢？妳當時也說過同樣的話喔。」

「哈哈，被你發現了，不過他們真的很棒。」夏玲笑得合不攏嘴，放開葉雨宸，和他一起迎向正朝他們走過來的「父子檔」——蘇迪、薩魯。

是的，這就是葉雨宸想出來讓薩魯心甘情願幫忙的辦法，在原本由童星獨立完成的廣告中，加入爸爸這個角色，並且由蘇迪來演。

增加角色當然會導致一系列的改變，甚至連拍攝成本也要提高不少，但由於晨光影視表示這部分費用將全部由他們承擔，廣告公司也就欣然接受了。

而事實證明，這個主意非常完美，而公司也完全有能力承受這樣的「先斬後奏」。

蘇迪和薩魯已經回到人群中，不用說，自然受到了熱烈讚美的洗禮。尤其是薩魯那邊，從陳樂到導演、化妝師、動作指導等一系列工作人員都在問他要不要和公司簽約，說他絕對會頂替張菲菲紅透整個演藝圈。

薩魯還沉浸在拍廣告時和蘇迪親近的喜悅之中，所以現在心情很好，雖然被他鄙視的地球人包圍，也沒有流露出絲毫不快，反而咧著嘴角笑得超級可愛。

相比之下，蘇迪的表情就沒這麼友好了，明明在廣告拍攝中還露出堪比葉雨宸、迷死人不償命的笑容，現在卻變回了面無表情的冰山，凍氣幾乎能讓人結冰。

「記得你說過的話。」沒有理會看著他噴愛心的女性工作人員們，他徑直走到葉雨宸身邊，丟下了這句話。

葉雨宸連連點頭，豎起拇指說：「放心吧，我說到做到。」

陳樂在這時走了過來，笑容滿面地開口：「雨宸，你這下真的幫了大忙，想要什麼獎勵？」

大明星轉過頭，笑得春光明媚，還豎起一根手指。「陸導的電影殺青後，我想休假一個月。」

「一個月?!怎麼可以！」陳樂當即跳腳，開什麼玩笑，雨宸可是公司的當家明星，檔期排得滿滿的，這次為了陸韓的電影已經把其他工作往後挪了，怎麼可能讓他休假！

再說這次被閃電擊中的事在粉絲裡引起強烈反應，公司已經在安排電影殺青後以粉絲見面會來安撫大家的情緒，結果這小子居然說電影拍完後要休假一個月?他要怎麼跟粉絲解釋啊！

看著陳樂變了七八次臉色，葉雨宸低聲笑了起來，摸著下巴說：「我可是幫公司挽回了很重要的顏面，再說是阿樂你自己說事情辦得好就給我獎勵的吧，想賴帳嗎？」

「可是一個月也太久了，你最近已經是在休息了，雨宸你也知道接下來的日程表吧？一個月我實在很為難啊，要不然減少一點時間？」

「那半個月？」

「半個月……」陳樂覺得頭很痛，可最終還是咬牙答應了：「好吧，那就休假半個月吧，但之後不能再休了喔！」

「沒問題。」葉雨宸豎起拇指，笑得十分開懷，一個月什麼的，本來就是說來讓陳樂討價還價的，他只想要半個月的休假而已。

獎勵的問題討論完畢，陳樂又問：「雨宸，薩魯真的不願意往演藝圈發展嗎？他的條件那麼好……」

葉雨宸沒等他說完，直接湊過去俯到他耳邊，悄悄地說：「偷偷告訴你，那小子的老爸可是大有來頭，標準的官二代，人生已經完全被規劃好了，當藝人絕對不可能啦。」

「這樣啊，那真是太可惜了。」一聽是官二代，陳樂也知道不能再勉強，重重嘆了口氣。

葉雨宸大幅度地點點頭，拍拍他的肩膀說：「那我們就先回去了，影片出來之後記得寄一份給我。」

「沒問題，平面廣告也會立刻開始製作，順利的話過陣子就能在街上看到了。」

「我很期待喔。」

和拍攝組的同事們打過招呼之後，葉雨宸帶著薩魯和蘇迪先走了。

雖然廣告拍攝得很順利，但之前討論腳本、設計表情和動作、化妝什麼的占用了很多時間，所以此時已經是傍晚了。

三個人在外面吃了晚餐，這才回家。

薩魯本來以為經過白天的事，蘇迪和他之間就算冰釋前嫌了，畢竟拍廣告的時候蘇迪對他做出了那麼溫柔的表情和動作。

可他沒想到，事情並沒有他想像得那麼美好。

離開攝影機後，蘇迪就再也沒有和他說過一句話，甚至連視線都不曾交會一次。

「蘇迪，麻煩幫我聯絡一下陸韓，我明天回片場。」

「你確定？」

「今天都公開露面了，就不要繼續藏了，早點把電影拍完好休假啊。」

尤其是，當看到蘇迪和葉雨宸之間的交流完全沒有問題後，鬱悶的感覺更是充斥了整個胸腔，四處衝撞卻無處發洩，幾乎快把薩魯逼瘋了。

「小鬼，又想熬夜嗎？」

恍惚間，已經很熟悉的嗓音在近處響起，薩魯緩緩轉頭，對上了葉雨宸含笑的臉。

屋子裡大部分的燈已經關掉了，蘇迪也已經離開客廳，牆上的掛鐘顯示現在是晚上十點。薩魯的臉上浮起茫然，他甚至不知道晚飯後自己都做了些什麼。

身邊的人抬手指了指掛鐘，用調侃的語氣說：「你從晚餐結束開始已經發了三個多小時的呆，如果不是你年紀還太小的話，我一定會以為你是思春了。」

薩魯聞言憤憤扭過頭，拒絕接話，緊接著，什麼柔軟的東西被放到了他的腦袋上。扯下來一看，居然是和葉雨宸同款的居家服，只不過是他的尺碼。

「走吧，去洗澡睡覺了，明天可是要早起呢。蘇迪說你不需要每天泡那個詭異的能量池，只是洗澡的話，不用我陪吧？」

「不用！」

把薩魯帶到浴室門口，葉雨宸打開裡面的燈，轉頭又笑著說：「如果你害怕一個人睡的話，隨時可以來我房間喔。那麼，我先去睡了，晚安，薩魯。」

這是葉雨宸第一次叫他的名字，薩魯愣了愣，下意識地回答：「晚安。」

得到了回應，大明星滿意地點點頭，摸摸男孩的腦袋，轉身回自己的房間去了，邊走還邊打了個大大的哈欠。

二十分鐘後，葉雨宸的房門被輕輕推開一條縫，正斜靠在床上看劇本的人抬起頭，看到門口赤著腳滿臉猶豫的男孩，臉上浮起了一絲了然的微笑。

拍了拍身邊的位置，他柔聲說：「過來吧，我的 king size 大床可比客房那張要舒服多了。」

薩魯皺了皺眉，遲疑了片刻，這才慢吞吞地走過去，爬上了葉雨宸那張超大超軟的床。

「我不是害怕一個人睡。」葉雨宸關燈的時候，聽到了男孩語調模糊的聲明，「我只是……一想到他還不肯原諒我，就覺得不舒服。」

關了燈，房間陷入了昏暗，月光透過薄薄的窗紗漏進來，在牆上打出朦朦朧朧的暗影，葉雨宸看著那些影子，感慨地說：「你真的很喜歡蘇迪。」

背對著葉雨宸的男孩點了點頭，小小的身體微微顫動。

「我曾經被綁架，是洛倫佐救了我。我們逃走的時候，飛船被敵人擊落，掉到了一個無人的小行星上。我們在那裡整整熬了三個月，直到他修好飛船才回到尤塔星。回程很遠，我們又沒剩多少食物，所以他就把我冷凍起來。我是很久之後才知道，當時修好的飛船僅僅是能飛而已，連動力巡航系統都沒有。他是靠肉眼導航回去的，抵達的時候已經徹底透支，差點就救不回來了。」

薩魯的聲音中有著不易察覺的顫抖，身體更是抖得停不下來。

葉雨宸知道他還在後怕，即便那件事已經過去很多年，他還是無法從當年的絕望和恐懼中走出來。

是啊，這麼小的孩子，就被迫經歷那種劫難，也難怪性格會發展成這樣。綁架他的人多半是他父親的競爭對手吧？他那個上將父親報復的時候大概不會心慈手軟，這孩子，是不是親眼看著他父親處置了那些綁匪呢？

想到這裡，葉雨宸不由自主地打了個冷顫。他伸手把發抖的孩子圈進懷裡，用溫暖的胸膛包容他的恐懼，同時低聲說：「蘇迪他只是……希望你能記住這次的教訓而已。不要難過了，他並沒有忘記你們共有的回憶，只不過大人的世界更複雜，他有必須要去做的事，不能再像那三個月那樣陪在你身邊。」

「可是，他明明已經被調回總部了，為什麼還要來地球？」薩魯有點激動，在床上轉身面對葉雨宸，倔強地瞪著他。

朦朧的月光下，他的眼睛亮得驚人，葉雨宸在裡面看到了沉重深刻的感情，對蘇迪的眷戀、牽掛、不捨，還有濃濃的思念。

葉雨宸輕輕嘆了口氣，他不知道蘇迪是怎麼想的啦，不過如果是他的話，大概沒辦法狠心丟下這個孩子吧，只是被這樣一雙眼睛凝視著，就覺得不忍心吶。

抬手揉了揉薩魯的腦袋，他笑著說：「這個問題，還是等他原諒你後你再自己問他吧。」

「他會原諒我嗎？」

「當然，不過首先第一步，明天要去和毅哥道歉。」

一聽要去道歉，薩魯的眉立刻皺了起來，但這一次他沒有再反駁什麼，只是怨念地看了葉雨宸片刻後，重新翻個身，接著又往後挪了挪，徹底鑽進了葉雨宸的懷裡。

大明星嘴角的弧度因為他這個動作加大了不少，king size 的大床上，一大一小兩隻「超級瑪利歐」，相擁著沉入了美好的夢鄉。

原本休息日期不定的第二男主角突然重返片場，引起了一陣不小的騷動，上到導演陸韓，下到來幫忙的臨時演員，全都圍著葉雨宸噓寒問暖，毫不掩飾驚訝之情。

於是，在葉雨宸重複了幾百遍「其實只是被閃電擦到並沒有擊中要害」、「我真的沒事啦，你們看我不是好好的嗎」這兩句話後，人群終於散開，拍攝重新開始。

要說尚未恢復平靜的，就只有甄毅了。

當他看到跟在葉雨宸身後出現在片場的薩魯時，這位沉穩冷靜的硬漢瞪圓了眼睛，一臉見到鬼的表情，只差沒雙腿發軟往後退了。

趁著工作人員做準備工作時，葉雨宸帶著薩魯來到了甄毅面前，那時甄毅的表情還沒恢復正常，整個人繃緊了神經，隨時準備應付薩魯的攻擊。

「毅哥，」葉雨宸率先笑著打招呼，試圖安撫甄毅，「你別緊張，之前的事都是誤會，誤會。」

誤會？甄毅挑了挑眉，他可是親身經歷了差點被殺掉的絕望，這叫誤會？就算是現在他還心有餘悸呢。

「薩魯。」葉雨宸輕輕推了推薩魯的背，側身讓他走到前面來。

甄毅下意識要往後退，邁了半步，意識到不妥，又硬是把腿收了回來。

薩魯滿臉不情願，眉頭皺了許久，朝甄毅欠了欠身，低聲說：「對不起，之前傷了你，請原諒我。」

見他道歉，甄毅愣了愣，好半天才回過神，喃喃地問：「你到底是什麼人？」

「關於這件事，」葉雨宸插了話，扶起薩魯，示意他到蘇迪身邊去，然後勾著甄毅的肩膀湊近他說：「之後我再慢慢向你解釋吧，包括安卡的事也一樣，不過先說好，這一切，毅哥你都得保密。」

「我如果不想保密的話早就把那超能力小子的事說出去了。」

甄毅毫不猶豫地說，顯然安卡的名字讓他心潮起伏，最後又加了一句：「不行，我忍不住了，你現在就先告訴我他們到底是什麼人。」

「呃，如果我說是外星人你信嗎？」葉雨宸一臉為難，試探性地問道。

不遠處的助理導演朝這邊揮了揮手，示意他過去拍戲。他轉頭，見甄毅雙目圓睜一副被魚刺卡住了喉嚨的表情，於是拍了拍對方的肩膀，善解人意地說：「我先去拍戲，毅哥你慢慢消化。」

甄毅這一消化，直接消化了一天。倒不是葉雨宸一直在拍戲，而是葉雨宸休息的時候，就換他上場拍。

因為葉雨宸是第一次演動作電影，所以陸韓一直很用心地讓他儘快進入狀態，而和甄毅演對手戲是很好的方式，直接面對面最能感受甄毅這種老戲骨的演技和感染力。

正因如此，兩個人的對手戲是最早拍完的，如今在電影剩下的戲份中，他們已經沒什麼交集了。

「大家辛苦了，明天早上八點準時開拍，今晚都好好休息吧。」晚上九點，計畫中的最後一場夜景戲拍完，陸韓揚聲說了一句，臉上滿是欣慰。

電影的進度比預計得要快，而且拍攝過程十分順暢，除去之前的閃電意外，完全可以說是一帆風順。

「雨宸，你明天有一場重頭戲，身體吃得消嗎？千萬不要勉強喔，我們現在進度完全來得及，如果你覺得累的話，就把你這場往後調。」

解散前，陸韓私下來關心葉雨宸的狀況。雖然他今天的表現一如既往的好，但身為導演，陸韓關心劇組成員是出了名的。

葉雨宸正披著外套坐在休息區背明天的臺詞，手裡捧著蘇迪幫他買來的咖啡，聽到問話後仰頭笑著說：「陸導你放心吧，我從來不勉強自己，不舒服我會馬上說的。」

「那就好，今天早點休息。」

「好的，陸導你也早點睡。」

目送陸韓離開後，葉雨宸深深嘆了口氣，早點休息嗎？今晚能不能休息都有問題呢，看，毅哥已經過來了，那個樣子簡直殺氣騰騰。

「辛苦了，明天見。」和工作人員打過招呼後，甄毅筆直走到明顯在等他的葉雨宸面前，隨後兩個人離開片場，上了甄毅的車。「蘇迪和那個超能力小子呢？」關上車門後甄毅問道，剛剛拍戲的時候還看到那兩個人在雨宸身邊，現在難道是在躲他嗎？

葉雨宸笑了笑，語氣揶揄地回答：「有他們在我怕你不自在，就讓他們先回飯店休息了，再說小孩子也不適合熬夜。」

小孩子……甄毅覺得葉雨宸這種說法有點無法直視，那個叫薩魯的超能力小子，實在無法和作為天真可愛代名詞的小孩子相提並論。

車內沉默下來，甄毅的視線看著前方，表面平靜，內心卻怎麼都靜不下來。

白天拍戲的時候他也不平靜，但身為一個敬業的演員，他強迫自己不去想任何一丁點和這件事有關的細節。但此刻，真相就在不遠處，他發現他無法再泰然處之了。

「外星人什麼的，是真的嗎？」許久後，甄毅聽到自己的聲音響起，他覺得這句話聽起來分外滑稽，甚至不想承認是自己親口說出來的。

但葉雨宸的回答卻顛覆了他的自欺欺人。「雖然確實不可思議，但很遺憾，這是事實。」

「外星人？」甄毅僵硬地轉過頭，臉上沒有一絲表情。

葉雨宸笑咪咪地點頭，加重了語氣：「是的，沒有開玩笑。」

「他們來自哪裡？金星？火星？月球？」

「毅哥，你以為他們是美少女戰士嗎？宇宙那麼大，你可以盡情發揮想像力。」

「我從小就是個缺乏想像力的人。」

看著甄毅一臉生無可戀，葉雨宸撇了撇嘴，決定減少他內心折磨的時間，直截了當地說出真相：「其實他們來自什麼星球並不重要，重要的是他們和我們不一樣。他們是長壽的種族，安卡說，如果不能和你一起變老的話，她無法忍受眼睜睜看著你生老病死，所以她只能選擇離開，長痛不如短痛。」

「那她為什麼不對我催眠讓我忘了她？」沉默良久，甄毅苦笑著問。

葉雨宸摸了摸鼻子，感慨地說：「因為如果你把她忘了的話，就只有她一個人記得你們的過去了。」

甄毅微微睜大眼睛，眼底閃過一絲不可置信，好一會兒後，他靦腆地笑了笑，喃喃地說：「她還愛著我，是嗎？」

看到以硬漢形象聞名的男人露出這麼柔情似水的表情，葉雨宸差點把眼睛瞪出眼眶，儘管甄毅看起來是在自言自語，他還是主動開口：「對。」

儘管這份愛對現在的他們來說更多的是痛苦，但他們相愛，這是無可爭辯的事實。

一直到各自回房間，甄毅都沒有再說什麼，葉雨宸知道他需要時間消化，體貼地沒有再打擾他，只簡單和他道了晚安。

電影的後續拍攝進行得很順利，提前一天殺青，晚上陸韓帶著劇組出去慶祝。大多數人都喝得酩酊大醉，只有自律性很強的葉雨宸和對地球酒精飲品完全免疫的蘇迪格外清醒，在散場後盡責地把每個人送回房間。

「幫我告訴安娜，我……我永遠不會忘了她，絕對不會。」掛在葉雨宸的脖子上，甄毅的語氣聽起來像是在哭，他的臉因為酒精燒得通紅，眼底深處全是潮濕的水霧。

葉雨宸輕輕嘆了口氣，一邊把人放上床，一邊低聲回答：「我會的，放心吧。」

一直跟在他身邊的薩魯此時兩手抱胸，翻了個大白眼說：「我還是不能理解，安卡怎麼會看上這個男人，他們根本就不相配。」

在片場這半個月，薩魯在人前一直扮演著乖寶寶，雖然這多半是為了討好蘇迪，不過葉雨宸對他的表現確實很滿意。

結果現在蘇迪不在身邊，這小鬼果然開始忍不住嘴賤了。

葉雨宸幫甄毅脫掉鞋襪和外套，蓋上被子，這才轉頭問：「對你來說，什麼樣的人才和安卡相配？」

「當然是出生世家、個人能力突出的精英。」揚著下巴，薩魯這句話說得充滿自信，還隱約帶點挑釁。如果不是年齡差距太大，葉雨宸差點要以為這死小鬼也喜歡安卡了。

俯下身，他平視薩魯的眼睛，笑咪咪地問：「那麼，安卡身邊有這樣的男人嗎？」

薩魯毫不猶豫地點頭。「當然，安卡在調到地球來之前可是總部的萬人迷，追求她的全是有頭有臉的大人物。」

答案並不出人意料，葉雨宸嘴角的弧度變得更大，他用食指用力點了點薩魯的額頭，得意地說：「所以你也看到了，相配，並不代表適合。所謂的愛情啊，你這種小鬼現在是不會懂的。」

說完，他一把拎起小鬼的後領，提著他走出甄穀的房間，同時興奮地說：

「明天開始就休假了呢，我帶你去遊樂園玩怎麼樣？」

「不要！快放開我！」

「為什麼不要？遊樂園很好玩喔，小朋友都喜歡。」

「我不是什麼小朋友，你快放手！」

「我偏不，除非你答應和我去遊樂園玩。」

「可惡，其實是你自己想玩吧！」

「嘿嘿，被你發現了。」

「我要去找安卡，我要換監管人！」

「這個時間，上校已經睡覺了喲。」

被一路提回房間的薩魯徹底抓狂了，他突然意識到在最近接觸的地球俗語中，有一句話真的非常有道理，那就是：在這個世界上，沒有後悔藥這種東西。

可惡，等他回到尤塔星一定要勒令科研組全力研發，勢必要做出後悔藥來！

ALIEN INVASION ALERT! 外星警部入侵注意

>>>CHAPTER.7

「完美，真是太完美了，蘇迪，你當初就是這樣把薩魯騙到手的嗎？真是難怪他對你死心塌地呢。」

去遊樂園的路上，葉雨宸笑容滿面地揮了揮手裡的平板電腦，看著蘇迪的目光中滿是調侃。

十分鐘前他收到陳樂寄來的後製完成的廣告，於是迫不及待地在車上就看了起來。此時，畫面被他定格在蘇迪把巧克力放進薩魯嘴裡的那一幕。

畫面上的蘇迪嘴角含笑，帥到讓人頭暈目眩，再加上眼底深處毫不掩飾的寵溺，簡直是融化人心的致命溫柔。

再看看薩魯，咧著嘴角，眼睛雪亮，精緻的小臉上寫滿了幸福兩個字，笑容甜得快要化成蜜了。

「嘖嘖，這款巧克力絕對會賣到缺貨。」沒有等蘇迪回應，葉雨宸自顧自又笑著接了一句。

蘇迪筆直看著前方，穩穩駕駛著 Alex，對於葉雨宸的揶揄充耳不聞。坐在後排的薩魯則伸長脖子，雙眼發光地看著平板電腦上的廣告，八成是沒弄懂死心塌地這個成語是什麼意思。

於是，葉雨宸愉快地按下播放鍵，畫面重新動了起來，雖然只剩下幾秒鐘，不過依然賞心悅目。

汽車駛過市中心繁華的商業區，在某個路口停下等紅燈時，葉雨宸突然用力抓住蘇迪的手臂，指著右側車窗激動地喊起來：「蘇迪，你快看快看！」

過於興奮的言行讓蘇迪無法再把他當空氣，面無表情的人微微皺眉，順著他指的方向轉過頭。

不遠處的沿街廣告燈箱上，巧克力的平面廣告剛剛被換上去，選的正是葉雨宸說完美的那一幕。

薩魯也已經看到了，他的表情變得很激動，閃亮的光芒從眼睛裡冒出來，心臟開始加速跳動，猶如打鼓一般。他轉頭看向蘇迪，臉上是難以抑制的期待和雀躍。

蘇迪在看到廣告的時候愣了愣。

說實話，當初答應葉雨宸的請求時他並沒有考慮太多，只是出一次鏡而已，公司方面也答應他絕對不會多加糾纏，不管廣告引起多大的迴響都不會打擾他現在的生活，他可以繼續擔任葉雨宸的助理。

再說葉雨宸提出了一個很誘人的條件，也讓他沒有拒絕的理由。

至於拍攝的時候，他也沒有想太多，他只是根據劇本的要求去做，對他來說，只要是工作，他都會盡力做到最好。

只不過，這個廣告的效果確實出乎了他的意料，沒有任何雜念的他完美做到了導演的要求，而薩魯更是全情投入，演出了真實的感情。

那是在無人小行星上，他們相互陪伴之下產生的最強烈的羈絆。

蘇迪輕輕嘆了口氣，前方的紅燈已經轉成綠燈，他卻沒有要開車的意思，於是，Alex 在這樣的沉默下開啟了自動駕駛模式。

汽車在平直的馬路上前進，蘇迪看著薩魯，淡淡地開口：「你已經確實地反省過了是嗎？」

來地球後蘇迪第一次正視著自己說話，薩魯的心臟立刻狂跳起來，他拚命點頭，生怕慢一點就顯得他沒有誠意。

「以後不會再任性妄為了吧？」

「絕對不會，我保證。」

「不會再認為地球人是下賤的種族了吧？」

「……當然，地球人最可愛了，我最喜歡地球了。」

咧開嘴角，某個小鬼撒起謊來也是臉不紅氣不喘，這句話說得一旁的葉雨宸都覺得聽不下去了。

蘇迪又盯著他好一會兒，忍不住再度嘆氣。「我原諒你了。」

「真的嗎？」期盼已久的願望突然成真，薩魯只覺得回不過神，等再度的確認得到了肯定的答覆後，小傢伙一個飛撲，竟然從後排直接撲進了蘇迪的懷裡。

當時 Alex 正飛馳在高速公路上，以至於一輛被他們從旁超過的小汽車駕駛，看到薩魯的動作後瞪圓了眼睛，以為自己是不是產生了幻覺。

葉雨宸笑容滿面地看著這一幕，覺得提出讓蘇迪參與廣告拍攝的自己簡直就是天才。

「洛倫佐，我真的很想你。」薩魯把頭深深埋在蘇迪的頸間，低喃的語氣帶著哽咽。

蘇迪沒有回應，輕輕拍了拍他的背。葉雨宸在旁邊豎著耳朵，以為蘇迪會說些煽情的話，可事實證明他想太多了，冰山就是冰山，才不會隨隨便便就融化。

大概是因為心情放鬆了的緣故，薩魯的態度變得很積極，雖然原本說不想來遊樂園，結果真的到了裡面，還是和葉雨宸兩個人玩得很嗨。

還有幾次，他們試圖把蘇迪也拖上遊樂設施，但是很可惜，一次都沒有成功。

「洛倫佐，你就陪我們玩一次嘛，好不容易來一趟遊樂園的說，我想坐那個雲霄飛車！」把大多數的設施都玩過一遍後，薩魯指著整個園區內最驚險的設施，眼睛裡冒出晶亮的光。

那是個九轉十八彎的雲霄飛車，還有一段垂直下落，隔得很遠都能聽到遊客的尖叫聲，看起來異常刺激。

葉雨宸也是滿臉期待，激動地說：「對啊對啊，蘇迪，陪我們去坐那個啦！」

蘇迪瞥了一眼雲霄飛車，涼涼地說：「他的身高不夠。」

葉雨宸愣住，隨即眼角滑下兩行熱淚，是啊，他怎麼忘了呢，刺激性的遊樂設施要求小孩子的身高要達到一百三十公分才能坐，薩魯根本上不去啊……

「你催眠一下工作人員不就好了嘛！」薩魯卻不甘心就這樣放棄，直接出了餿主意。

蘇迪沒理他，嘴角微微勾起一絲笑意，目光直直落在葉雨宸身上，那略顯挑釁的神色讓大明星更加欲哭無淚。

兩秒後，葉雨宸抱起薩魯，乾笑著說：「不行啦，超能力不是用在這種地方的。算啦，等你下次來地球玩的時候我們再去吧，啊哈哈，雖然不知道還會不會有下次。」

「會有喔。」出人意料的是，這句話薩魯回答得很快。

葉雨宸有些詫異地看著他，半晌後反問：「真的嗎？」

「當然。」薩魯露出燦爛的笑容，朝蘇迪看了一眼，然而手卻抱住了葉雨宸的脖子。

葉雨宸心裡很開心，知道薩魯這麼說並不完全是為了蘇迪，多少也對自己有了一些感情，讓他覺得很欣慰，嘴角的弧度忍不住上揚了一些。

「啊，蘇迪，去幫我們買兩支冰淇淋吧，要一球一球疊到最高的那種！」

經過餐飲部時，看到有不少遊客手裡拿著甜筒冰淇淋，葉雨宸突發奇想，激動地說。

這次蘇迪沒有反對，轉頭找到賣冰淇淋的攤位，直接走了過去。

葉雨宸把薩魯放到附近的長椅上，自己也坐下來休息，笑著說：「我請了半個月的休假呢，明天開始我們去環島吧。」

薩魯聽到這句話露出一絲驚訝，詫異地問：「你特地休假，就是為了帶我到處玩？」

葉雨宸嘿嘿一笑，露出一口好看的白牙。「怎麼樣？是不是很感動？」

薩魯頓時心裡泛暖，想起自己在尤塔星一成不變的生活，似乎突然能夠理解為什麼洛倫佐會選擇來地球了。

彆扭的男孩當然不可能給出什麼肯定的答案，可微微泛紅的耳朵還是出賣了他。葉雨宸注意到了，笑容更加燦爛起來。

就在這時，兩位年輕的女孩說說笑笑地從長椅前走過，結果被一個急匆匆跑過去的男人撞到，女孩失去平衡，驚呼一聲向地面摔去。

正巧見到這一幕的葉雨宸沒有任何猶豫，起身一個大步跨過去，扶住了女孩。

「妳沒事吧？」用力握住女孩的肩膀讓她站穩，葉雨宸關心地問道。

女孩驚魂不定，臉色微微有些發白，但很快搖了搖頭，連聲說：「我沒事，謝謝您。」

話剛說完，她身邊的同伴驚喜地叫了起來：「你是葉雨宸！天哪，我不是在做夢吧！」

差點摔倒的女孩聽到朋友的驚呼，也連忙抬起頭，如此近的距離下，鴨舌帽和墨鏡也阻擋不了葉雨宸光輝的形象，他的身分頓時曝光。

「噓噓噓！」意識到眼前的是自己的粉絲，葉雨宸立刻示意她們不要太激動，不斷做出噤聲的手勢。

兩個女孩雖然已經完全陷入狂熱狀態，但還是知道要尊重偶像意願，馬上互相捂嘴，只用異常興奮的眼神看著葉雨宸，同時指了指自己的手機，意思是問能不能合照一張。

葉雨宸見她們沒有引起騷動，頓時鬆了口氣，微笑著點了點頭，在公眾場合被粉絲認出來也不是第一次了，如何低調處理他可是經驗十足。

兩個女孩當即激動地摸出手機，一人挽著葉雨宸拍了兩張照片，這才千恩萬謝，依依不捨地離去。

「呼……」葉雨宸長長地呼一口氣，一轉身看到蘇迪回來了，手裡還拿著冰淇淋球疊得超過他頭頂的巨無霸甜筒。

「Thank you，看起來好好吃。」上前接過一支冰淇淋，葉雨宸邊轉身邊迫不及待地舔了一口。

甜甜涼涼的香草味頓時充滿口腔，可緊接著，他的心跳驟然漏了一拍。

薩魯原本坐的長椅，此刻竟然空無一人！

「薩魯呢？」同樣沒看到人的蘇迪疑惑地開口，轉身向四周更遠的方向看去，可是沒有，整個偌大的餐飲區，竟然完全沒有薩魯的身影。

葉雨宸緊張地四處張望，嘴裡喃喃地說：「剛才還在長椅上的，我被粉絲認出來，和她們拍了幾張照片而已，難道他自己跑走了嗎？」

「薩魯！薩魯！」顧不上會不會被認出來，他大聲叫起男孩的名字，附近不少人都朝這邊看了過來，但薩魯依舊沒有出現。

「薩魯現在是戴罪之身，不可能主動離開你身邊。」蘇迪的語速變快，四處眺望的目光一下子鎖定不遠處裝在路燈上的監視器，一把將另一支冰淇淋塞進葉雨宸手裡，轉身就朝樂園服務處跑去。

心臟瞬間狂跳起來，葉雨宸的腦中驀地一片空白，他跟著轉身，胡亂把手裡的冰淇淋塞給兩個不認識的遊客，拔腿追上蘇迪。

衝進服務處，蘇迪已經跟工作人員說明了來意，一聽有小孩走丟，工作人員也很緊張，一個人帶他們去看監控錄影，另一個人開始播放尋人廣播。

監控錄影很快被調出來，略顯模糊的畫面上，葉雨宸被粉絲拉著合照時，一個穿著連帽衫看不到臉的壯碩男人從長椅後方接近薩魯，用一塊白布猛力捂住他的嘴抱起他，轉身就快步走出了監控畫面。

「糟糕了，這看起來像是綁架，或者是人蛇集團偷小孩，快報警吧！」

工作人員看到這一幕，立刻驚慌失措，不管是哪一種情況，在園區內發生這種事，絕對會對遊樂園產生嚴重的負面影響。

可是，他們遊樂園經營至今已經超過二十年了，從來沒發生過這種情況啊，今天到底是怎麼了？

蘇迪看著監控畫面不說話，神色異常嚴肅，不知道在想什麼。葉雨宸此刻倒是冷靜了些，指示道：「他們沒那麼快跑出園區，麻煩幫我們找出他們現在的位置。」

「好的，我立刻在全園範圍內找！」

螢幕被調成多畫面顯示，全園共計一百三十個監視器畫面全部出現在螢幕上，所有工作人員都過來幫忙找人，葉雨宸也仔細地看著每一個畫面，努力搜尋薩魯的身影。

但是沒有，任何一臺監視器都沒有再拍到那個可疑的男人和薩魯。

「怎麼可能找不到？從事發地點到最近的出口需要行走二十分鐘以上，綁匪要考慮到不引人注目，不可能用跑的，應該會被附近的監視器拍到才對啊。」急切的工作人員額頭冒汗，滿臉焦慮。

蘇迪卻在這時直起身，轉頭依次朝在場的每一個工作人員看了一眼，嘴裡平靜地說：「忘了剛才發生的事，沒有小孩失蹤，也沒有綁匪。」

在他說完這句話後，所有人的臉上都浮起了茫然的表情，蘇迪不再管他們，迅速將拍到薩魯被劫的那段影片複製到光碟上，刪除原始錄影後拿出光碟，轉頭對葉雨宸說：「我們走。」

葉雨宸一愣，一邊跟上他的腳步一邊瞪大眼睛問：「我們不報警嗎？」

蘇迪不語，帶著他一路走到無人的樓梯間，按了下內置耳機後開口：「Alex，妳先回家，我和雨宸去趟指揮部。」

Alex的聲音立刻傳回，隱約帶著疑惑：「發生什麼事了嗎？上校。」

蘇迪從口袋裡取出傳送戒指，輕點戒托上的藍寶石，一扇虛空傳送門出現在眼前的牆壁上，示意葉雨宸先進去，這才回答 Alex 的問題：「薩魯被人綁架了，妳等我的聯絡。」

說完，他主動切斷通訊，跟在葉雨宸身後跨進虛空傳送門。

兩人踏進宇宙警部地球指揮部，立刻引起了正巧拿著資料夾經過的佩里的注意。銀髮少年眨了眨眼，狐疑地問：「洛倫佐前輩，雨宸哥？你們怎麼會突然過來？薩魯沒和你們在一起嗎？」

他的音量不小，直接驚動了部長辦公室內的安卡，後者打開門走了出來，看到蘇迪神色嚴肅，微微皺了皺眉，揚聲問：「出什麼事了？」

蘇迪抬步往設備科走，面無表情地回答：「薩魯被人綁架了。」

「咦？綁架？前輩你確定是綁架不是拐賣兒童嗎？地球上的人蛇集團很多耶。」佩里隨手把資料夾塞給身邊的工作人員，跟上蘇迪腳步的時候問了一句。

但隨即他就意識到，以地球人蛇集團的喜好來說，薩魯的年紀好像太大了一點，據說一般被拐走的都是五歲以下的幼兒，薩魯顯然不太符合標準。

「這是監視器拍到的情況。」蘇迪沒有回答佩里，直接把從遊樂園拿來的光碟放進播放機，點開錄影。

安卡此時也已經到位，四個人把薩魯被帶走的那段錄影又看了一遍，蘇迪他們三個都沒什麼表情，只有葉雨宸的臉色有點難看。

確定薩魯是被人綁架後，他內心的自責不斷攀升，是他叫蘇迪去買冰淇淋的，也是他多管閒事才會被粉絲纏住，導致視線離開了薩魯。

如果蘇迪沒有被他差遣離開，如果他能一直坐在薩魯身邊，那孩子就不會被人綁架了。

不管綁匪到底出於什麼目的帶走薩魯，那麼小的孩子，他一定很害怕吧？而且他以前被綁架過，現在再經歷一次的話，對他來說會是多麼沉重的陰影？

葉雨宸垂在身側的手緊緊握了起來，牙齒也不自覺地咬住嘴唇，幾乎要咬出血來。

肩膀在這時突然被人按住，他一驚回過神，轉頭對上了蘇迪波瀾不驚的深邃眼眸。他直視著他的眼睛，淡淡地說：「就算你不離開也沒有能力改變事實。」

明知道是安慰的話，可葉雨宸心裡的沉重完全沒有得到紓解，他皺緊眉，臉上寫滿了懊惱。

蘇迪收回手，沒有繼續說安慰的話，而是轉頭看向安卡。「遊樂園內的其他監控都沒有再拍到他們，我沒有猜錯的話，是空間轉移的能力者。」

安卡沉思著點了點頭。「佩里，檢測對應時間區域內的星際波紋反應，另外開啟薩魯的限制器追蹤。」

天才少年在她下令前就已經在旁邊複雜的立體投影控制臺上操作起來，靈活的手指彷彿在彈奏樂曲。不一會兒，一段複雜的波紋圖被他調出來放大，同時，波紋圖旁邊出現了一個男人的大頭照片。

「β值水準較低，確認是Level 2的空間轉移能力者，目前登記在地球的常住人口中符合條件的嫌疑人只有一個，波羅．坎納斯．歐非。」

佩里說完這段話，手一揮，波紋圖和波羅的照片同時移到了旁邊，接著又是一幅放大的地圖，地圖上密密麻麻遍布著閃爍的小黃點，隨著他的指揮，地圖不斷改變區域、放大收縮。

少年專注地看著地圖，神色漸漸變得嚴肅，一分鐘後，他搖了搖頭說：「無法追蹤限制器，看樣子訊號被遮罩了。如果是這樣的話，那事情恐怕有些麻煩了。」

宇宙警部的限制器訊號非常特殊，普通設備根本無法遮罩，能做到這一點的只有非常高級的軍用設備。但這樣的設備全宇宙也找不到幾臺，更不可能出現在地球上。

如果不是設備遮罩的話，那就只剩另一種情況，遮罩了訊號的是超能力者。

「能遮罩我們限制器的訊號，至少是 Level 5 以上的能力者，當前地球的外星登記人口中並不存在這樣的人。」安卡直視著地圖，語氣斬釘截鐵。

佩里覺得頭有點痛，輕輕咬了咬唇，沒辦法再像平時那樣嬉皮笑臉，皺眉接話：「之前因為薩魯的事才剛仔細檢查過地球的出入境記錄，包括特殊通道，並沒有相符的人物。如果說真的存在非法入境的話，那麼只有一個可能了。」

一直安靜聽著他們對話的葉雨宸在這時微微睜大了眼睛，彷彿自言自語般喃喃地說：「之前的蟲洞？費利南德打開的那個蟲洞？」

他記得蘇迪在事後告訴過他，費利南德通過特殊手段在地球上打開了一條連接哈爾蒙星和地球的蟲洞。他通過那個蟲洞傳送了很杜哈爾蒙人和武器過來，雖然佩里之後帶人把蟲洞封印了，但在封印之前，或許還有除了哈爾蒙人之外的外星人進入了地球？

連一個外行人都聯想得到的事，蘇迪他們當然不可能想不到，這也正是佩里覺得最麻煩的地方。

歸根究柢，這個蟲洞是在安卡回總部，也就是他暫時統領指揮部時被打開的，如果因為這個蟲洞引發更大的麻煩導致總部要追究的話，他很可能要吃不完兜著走了。

蘇迪瞥了眼佩里越來越難看的表情，面無表情地開口：「先把波羅·坎納斯·歐非找出來。」

安卡沉吟著附和道：「既然波羅現在是唯一的線索，就只能先順著他調查下去，不管當初有多少人從蟲洞來到地球，他們現在都無法離開。只要還在地球上，我們就一定能把人揪出來。」

佩里點點頭，默默出去執行命令，設備科裡安靜下來，葉雨宸因為不安而雙手交握，卻因為手指碰到了原本不存在的物體而愣了愣。

他低頭，看到左手小指上戴著的U字形尾戒，頓時抬起頭激動地問：「我現在是不是應該把限制器打開？只要薩魯的能力被解放，逃出來對他來說應該輕而易舉吧？」

話還沒說完，蘇迪已經一把按住他的手，制止了他轉動字母的動作。

火熱的掌心包裹住冰涼的手指，葉雨宸渾身一震，抬頭看向蘇迪，後者面無表情地看著他，微微搖了搖頭。

安卡神色嚴肅地解釋：「綁匪敢對薩魯出手，一定也經過了深思熟慮，肯定有限制他能力的方法。一旦限制器被打開，他們察覺到危險的話，反而容易做出偏激的行為。」

「是嗎？」葉雨宸沒有考慮這麼多，神色有些失魂落魄。

蘇迪仍然握著他的手，此刻掌心用力收攏，冷冷開口：「我們會救出他的。」

知道他是在安慰自己，葉雨宸勉強擠出一絲笑容，點了點頭。

蘇迪見他的神情放鬆了一點，這才緩緩放手。葉雨宸感受著指尖殘留的溫度，慢慢握緊了拳。

安卡沒有繼續之前的話題，而是重新轉頭看向波羅的頭像，思索著說：「從目前的情況來看，這是一起針對性的綁架案，但薩魯來地球的事是機密，他們是怎麼知道的？」

會有這種疑惑的安卡，很顯然最近並沒有關注葉雨宸他們的動向，也不知道薩魯和蘇迪很高調地拍了一支已經傳遍大街小巷引起劇烈迴響的廣告。

她無心的話卻給了葉雨宸迎頭一棒，原本心情就很沉重的人當場臉色慘白，身形一晃靠在了牆上。

室內沉寂了好幾分鐘，始終面無表情的蘇迪顯然在思考什麼。

幾分鐘後，他忽然抬手握住了葉雨宸的手臂，用力把他拉近自己，看著他問：「想不想幫忙救回薩魯？」

無法理解他問這句話的意圖，葉雨宸只能愣愣地點頭。

蘇迪微微揚起嘴角，臉上沒有緊張或者不安，反而浮起一絲戲謔。「那麼首先，收起這張喪氣的醜臉，太打擊士氣了。」

葉雨宸因為這句話愣了許久，反應過來後立刻跳起來反駁道：「醜臉？開什麼玩笑！本大爺不管擺出什麼表情都帥到天理不容好嗎，敢說我醜的你絕對是第一個，我看是你的眼睛有問題吧！」

蘇迪放開了他的手臂，轉身往外走，同時聳了聳肩。「地球人就是這樣，不喜歡說真話的人。」

葉雨宸終於露出了薩魯失蹤後的第一個笑容，他看著蘇迪走出去和佩里商量接下來的行動計畫，原本沉重無比的心情在不知不覺間得到了舒緩。

安卡走過來拍了拍他的肩，唇邊是溫和的微笑。「對於希望加入我們的你來說，這或許會是一次很好的經驗。放心吧，我們可是精英級別的宇宙警部，一定會救回薩魯的。」

葉雨宸笑著點頭，不過半晌後還是擔憂地問道：「那小子……不會有生命危險吧？」

安卡單手摸了摸下巴，露出一副沉思的表情，一本正經地說：「殺了他可是會引發星際之間的大戰，希望綁架他的人不是以挑起戰爭為目的吧。」

「呃，那他們會虐待他嗎？」這種身分特殊的太子爺，就算沒辦法殺掉，虐待一下也很爽吧？

安卡笑了笑，邁步朝外走，聲音輕巧地傳來：「如果你知道虐待一個人會得到百倍的報復，你還敢下手嗎？」

葉雨宸站在設備科的門口，只覺得一陣冷風吹過，後背有點發涼。

ALIEN INVASION ALERT!

外星警部入侵注意

>>>CHAPTER.8

外星警部入侵注意

十分鐘後，波羅・坎納斯・歐非被負責逮捕他的警部們帶了回來。

他是在遊樂園附近的一條無人小巷中被發現的，當時他處於昏迷狀態，而且在清醒後一臉茫然，完全不知道自己為什麼會出現在這個陌生的地方。

那是個身材魁梧的壯碩男人，棕色的捲髮，狂野的長相，加上還是個有超能力的外星人，葉雨宸想不通他是怎麼被人打暈在巷子裡的。

「你不記得自己怎麼會去遊樂園附近嗎？失去意識前最後見到的人是誰？」佩里兩手插在外套口袋裡，斜睨著神色略微慌亂的大個子，似乎並不太相信他的話。

波羅舉起雙手，急切地回答：「我真的什麼都不知道，我絕對沒有撒謊，少校，請你相信我！」

「好吧，我暫且相信你是被人控制了，但我還是要從你身上得到綁匪的情報。」

佩里面無表情地說完這句話，在波羅茫然無措的目光下走到他面前，從口袋中摸出一片隱形眼鏡一樣的彩色薄片，不由分說地掰開男人的右眼皮，直接貼上了眼球。

波羅瞪大了眼睛，整個人彷彿被定身了般無法動彈，直到數秒鐘後，佩里從他眼中取走那片薄片，他才重新恢復自由。

佩里朝兩邊的警部揮了揮手，示意他們先把人帶下去，隨後帶頭回到設備科，在操作臺上調出一個眼球形狀的支架，把薄片貼了上去。

大螢幕上，清晰地出現一段畫面。

一個滿頭紅髮，臉上有蛇型紋身，長著尖耳朵，身穿蛇皮緊身衣的女人張口說了些什麼，接著一抬手，張開的五指間透出耀眼的紅光。在女人的身後，還能隱約看到一個穿著黑夾克的人。

在畫面播出後，安卡臉上浮起明顯的驚訝，詫異地問：「居然是他們？」

葉雨宸看向站在身邊的蘇迪，只見他微微皺了皺眉，再過去一點的佩里則是一臉茫然，張口反問：「他們是誰？」

安卡上前兩步到控制臺前，從資料庫中調出了一份通緝名單，名單上總共四個人，其中一個正是畫面上的紅髮女人。

「甲殼蟲，惡名昭彰的盜賊集團，成員共有四名，每個都是Level 5的能力者。老大隱形人佩拉里奇，能力是屏障；蛇型女姬娜，能力是迷魂；鋼鬼約瑟夫，能力是鋼鐵之軀；彈頭那瓦勒，能力是爆發衝撞。」

安卡簡單介紹了四人，同時將他們的資料在螢幕上一字排開，佩里和葉雨宸都仔細地看著那些資料，蘇迪卻似乎對這些並不關心，只面無表情地問：「上一次他們出現是在哪裡？」

安卡繼續在資料庫中檢索資訊，幾秒鐘後，答案浮出水面。「哈剋星，哈爾蒙星的衛星之一，時間正好是一個月前。」

佩里摸著下巴說：「所以說，他們當時進入了費利南德的蟲洞，逃過了宇宙警部的追捕。但現在發現蟲洞被封印了，無法離開地球，於是抓了薩魯做人質，想要威脅我們？」

「有這個可能，如果是這樣的話，他們很快就會主動聯絡。」

「他們有飛船嗎？」

「有。」安卡調出飛船的資料，那是一艘機體外型和甲蟲十分相似的太空船，外殼卻塗得五顏六色，好像怕別人認不出他們一樣。

「這是他們的飛船七星號，是艘隱形戰艦，再加上佩拉里奇的屏障能力，可以避開任何雷達和超能力的搜索。」

佩里聽完安卡的話，聳了聳肩說：「這樣就可以猜到他們會提什麼樣的要求了，打開地球的防禦屏障，讓他們的飛船能順利離開。至於薩魯，他們離開大氣層後會不會還給我們，可就不好說了。」

「他們會還。」始終保持沉默的蘇迪卻在這時肯定地開口。

佩里挑眉，顯然無法認同他的話，更想不通他為什麼這樣說。

蘇迪看著螢幕上七星號的圖片，面無表情地繼續說：「宇宙警部的限制器一旦脫離星球範圍就失效了。」

安卡的嘴角也勾起一抹笑容，附和道：「我也覺得他們不會願意帶著念動力 Level 7 的薩魯，這完全是自尋死路。」

「呃……」

佩里抽了抽嘴角，不說話了。葉雨宸卻皺著眉狐疑地問：「可是妳剛才說蛇型女的能力是迷魂，她不能在離開地球前對薩魯使用能力嗎？就像控制那個波羅那樣。」

其實葉雨宸對外星人的這些能力還不是很瞭解，他只能根據字面意思去理解，而且蛇型女的能力有了波羅這個先例，比較一目瞭然。

安卡搖了搖頭說：「念動力本身就是靠意識發揮的能力，站在這種能力頂端的薩魯，沒有任何人可以控制他的思想。」

葉雨宸聽到解釋後眨了眨眼，一知半解地點頭。

嗯，反正只要知道薩魯不會被控制就好了，不過想想也是，如果那傢伙會被人控制的話，不是很容易出大事嗎？這樣一來想綁架他的犯罪分子肯定會大大增加吧。

「上校。」就在這時，一名警部從設備科外頭走了進來，神色嚴肅地對安卡說：「有來自陌生通訊端的通訊請求，根據資料庫匹配結果，是七星號。」

「果然來了，允許接入。」安卡沉聲應話，朝蘇迪看了一眼，帶頭走向通訊室。

通訊室裡很安靜，氣氛看起來相當凝重，薩魯的事已經在指揮部裡傳開了，看起來，下面的人並不如安卡他們這麼淡定。

注意到這一點的葉雨宸不由得嚥了嚥口水，精神再度緊張起來。

佩里注意到他的小動作，壓低聲音說：「如果沒辦法把薩魯救出來，索羅上將可能會直接掀了整個地球指揮部。」

葉雨宸撇了撇嘴，也不禁為指揮部的未來擔心。宇宙警部總部最高執行官的兒子，他到這一刻才真正意識到薩魯身分的可怕，也總算明白為什麼其他人會這麼膽戰心驚了。

卻沒想到，走在他們身前半步的蘇迪在這時冷冷地開口：「在找我們的麻煩前，他應該先反省自己管教兒子的能力。」

葉雨宸和薩魯因為這句話同時目瞪口呆，兩個人連腳步都不由自主停下了，蘇迪卻彷彿什麼都沒有發生般，和安卡一起走到了通訊主螢幕前。

兩秒後，佩里轉頭看向葉雨宸，整張臉因為興奮而微微泛紅，眼睛更是晶亮晶亮的，甚至周身都冒出了粉紅色的泡泡，「雨宸哥！洛倫佐前輩果然是全宇宙最帥的男人，對吧對吧？」

葉雨宸的嘴角抽了抽，還沒來得及回答，通訊主螢幕上出現了一個男人的身影，同時響起的，還有低沉沙啞的嗓音：「神槍洛倫佐，好久不見了，沒想到竟然會在地球見到你。」

葉雨宸連忙和佩里一起扭頭，也看向通訊主螢幕，緊接著，就因為震驚而瞪大了眼睛。

螢幕上的男人穿著一件看起來很普通的黑夾克，但是他的長相對地球人來說實在太具有衝擊力。

那居然是個獸人，前凸的嘴像狼，魁梧的身體像熊，深褐色的皮膚上還覆蓋著鋼針一樣的短刺，總而言之，這是個長相完全不在葉雨宸審美範圍內的外星人。

他忍不住朝蘇迪看了一眼，默默地想如果當初宇宙警部也派個這種尊容的外星人接近他，不知道他現在還能不能這麼活蹦亂跳？唔，多半已經被嚇死了吧……

通訊室裡一片沉寂，蘇迪神色冰冷地直視著佩拉里奇，顯然不打算回應。

螢幕中的獸人臉色一沉，眼珠的顏色變深，牙關也不由得咬緊，露出了咬牙切齒的表情。

安卡在這時語氣平靜地開了口：「佩拉里奇，直接說出你們的要求，不要浪費時間。」

這句話終於把佩拉里奇的注意力吸引過去，他看向安卡，似乎並不認識她，冷笑著說：「十天後的傍晚，打開防禦屏障，一旦七星號離開大氣層，我們立刻釋放人質。除此之外，不准用任何方式追蹤我們，不准向其他人透露我們在地球的事。」

「只要你們確保會平安釋放人質，我可以答應你們的要求。」

「我們可不想帶他上路，我們會把他扔在空間站。」

佩拉里奇回答得很快，這證實了之前蘇迪和安卡的猜測，即便他們是四個 Level 5 的能力者，依然十分忌憚薩魯。

安卡微微點頭，朝蘇迪瞥了一眼後又說：「現在我要看一眼人質，確認他的安全。」

「我們本來就有這個打算，這也是警告你們不要耍任何花招，尤其是洛倫佐。」佩拉里奇說這句話的語氣十分不善，臉色也陰沉得一塌糊塗。

接著大螢幕上的畫面一轉，出現了薩魯，只不過，他現在的模樣非常淒慘，通訊室裡甚至有女警部當場倒抽了口冷氣，接著用力捂住嘴。

薩魯被手腳張開綁在一臺大型儀器上，碗口粗的鐵條鎖在他的四肢和腰、頸部，就連嘴巴都被半張鐵面罩封住，身上的精美童裝此刻有些凌亂，衣襟被扯開，露出了胸口的限制器。

無數根細管從儀器上延伸出來，插在薩魯的身體上，而他沒有被遮擋住的半張臉上，淺栗色的眼睛筆直地看向蘇迪，那目光看起來竟然萬分平靜，平靜到不像是他會有的表情。

在他頭部上方，儀器的頂端有顆碩大的不規則黃水晶正隱隱散發著光芒。

葉雨宸看到這一幕只覺得心臟猛然一緊，想起十幾分鐘前安卡說綁匪不敢虐待薩魯的話，簡直就是笑話。這種囚禁的方式，難道不也是一種虐待嗎？薩魯還是個小孩呢！

葉雨宸很想大聲咒罵些什麼，可他更清楚這樣的場合下，激怒綁匪是很愚蠢的行為。他的胸腔中湧起萬千怒火無處發洩，忍不住朝蘇迪看去。

結果讓他意外的是，他看到蘇迪垂在身側的手緊緊握成了拳，儘管那張臉還是和往常一樣面無表情，但太陽穴附近的青筋卻高高爆起，甚至讓人擔心下一秒就會爆裂。

葉雨宸嚇了一跳，這樣暴怒的蘇迪給人的感覺太過可怕，就像是一座沉寂的火山馬上就要爆發了一樣。

他強迫自己轉開視線，不再去看蘇迪，可螢幕上讓人揪心的薩魯更加讓他無法直視。

好在，這樣的情況並沒有持續太久，很快，佩拉里奇重新出現在畫面中，野獸的臉上帶著一絲難以掩藏的得意。

他的視線瞥過蘇迪，看著安卡開口：「幸好你們非常明智，沒有打開限制器，不然的話，猛獸會在頃刻間將他撕成碎片。」

安卡還想說什麼，蘇迪卻突然抬手阻止，他看著佩拉里奇冷冷開口：「十天後的傍晚，我們會打開防禦屏障。」

得到了滿意的答覆，佩拉里奇臉上的得意更加明顯，他又說了幾句冷嘲熱諷的話，這才結束了通訊。

主螢幕恢復一片漆黑，通訊室裡的所有人都把目光落在蘇迪身上，等著他說些什麼。沒想到，這個代替安卡做出了承諾的男人居然面無表情地轉身就走，似乎什麼都不想解釋。

「就先按洛倫佐說的做準備，十天後的傍晚，全面打開地球的防禦屏障。」

安卡在沉思片刻後下達了命令，頭戴耳機，坐在通訊臺前的女警部立刻露出了為難的表情，遲疑地問：「這件事要向總部彙報嗎？」

「暫時不要。」

「可是，一旦我們打開防禦屏障，總部會立刻察覺。」

「我知道，但就算總部馬上派人趕過來，最快也要四個小時，到那時事情已經解決了。」

聽了安卡的話，大多數人都愣住了，佩里眨了眨眼歪頭問：「上校，妳真的打算滿足綁匪的要求，然後讓他們大搖大擺地離開地球？他們可是在逃的通緝犯耶。」

雖然甲殼蟲綁架了十分特殊的人質，但如果就這樣滿足他們的要求放他們離開的話，地球分部在宇宙警部中恐怕會永遠抬不起頭。

安卡高高揚起了眉梢，神色間露出幾分詫異。「我有說會讓他們離開嗎？」

這樣一來，驚訝的人變成了佩里。「可是，妳和洛倫佐前輩……」

安卡抬手示意葉雨宸和佩里跟她走，三個人沒有回設備科，而是去了安卡的部長室。

部長室裡到處都是資料，但由於整理得十分整齊，所以完全沒有淩亂的感覺。書架上大多數都是醫學相關的書，旁邊的櫃子上則放了很多功能不明的工具。

葉雨宸和佩里都不知道她想幹什麼，回來的路上兩人不停以眼神交流，不過終究沒得出什麼結論。倒是經過設備科的時候葉雨宸伸長脖子朝內部張望了一眼，並沒有看到蘇迪。

「佩里，把門關上。」走到辦公桌後坐下，安卡朝佩里揮了揮手，神色看起來似乎有些疲憊。

佩里聽話地關上門，回頭和葉雨宸一起站在辦公桌前，就像是兩個聽校長訓話的小學生。

安卡放鬆身體靠在舒服的椅背上，這才看著兩人開口：「你們知道囚禁薩魯的是什麼嗎？那個佩拉里奇提到的猛獸？」

葉雨宸直覺地搖搖頭，這種外星的東西他完全沒有概念，雖然看過不少科幻片，可電影裡又不會詳細說明那些道具的背景和用途。

佩里作為宇宙警部中的科學天才，這種時候顯然不適合搖頭了事，他想了想後說：「如果我沒猜錯的話，猛獸應該是指那臺裝置。它的核心是頂端的黃色晶狀體，那很可能是能夠吸收並且反噬星際能量的星雲碎片，所以他才說我們沒有打開限制器很明智。因為一旦星雲碎片探索到薩魯的能量，會立刻吸收並且反噬。」

安卡點頭，目光中透著讚賞。「你的猜測完全正確，只有一點細節上的錯誤。猛獸並不是指那臺裝置，而是那塊核心星雲碎片的名字。」

這句話讓佩里一臉疑惑，一旁的葉雨宸則皺著眉問：「上校，妳和蘇迪似乎都認識那臺裝置？」

蘇迪異常的反應正是由看到裝置的那刻開始的，所以葉雨宸對這個問題格外好奇。

安卡的目光掃了過來，神色看起來十分複雜，好一會兒之後說：「不，我們認識的不是那臺裝置，而是那塊星雲碎片。雖然不知道甲殼蟲是從哪裡得到它的，不過毫無疑問，猛獸，正是當年星皇綁架薩魯時為了限制他所使用的星雲碎片。」

「為什麼？難道全宇宙就只有那一顆？」佩里覺得這個問題有點荒謬，可安卡那麼肯定的語氣，實在讓他有點想不通。

安卡挑了挑眉之後沒有回應，只是看著他，目光平靜，毫無波瀾。

片刻後，佩里背後冒出了一層雞皮疙瘩。他幾乎可以想像索羅上將是怎麼下令嚴查星雲碎片，又是如何將那些和猛獸具有同樣屬性的碎片全部摧毀，為的，就是他的寶貝兒子不會再一次受到這種傷害。

室內沉寂良久，安卡才再度開口：「當年星皇的飛船被擊沉後，根據軍方處理被扔進了沉船墓場，那裡一直有流浪者進出。多半是哪個膽大妄為的傢伙發現猛獸還沒有完全毀壞，就把東西弄了出來，之後不知道怎麼地又落入了甲殼蟲手中。」

並不肯定的猜測，聽起來卻似乎順理成章，佩里忍不住咋舌。他是沒有經歷過當年那件事啦，不過據說鬧得很大，很長一段時間裡全宇宙都人心惶惶。

這種情況下居然還有流浪者敢去星皇的沉船上淘寶，膽子實在有夠大。

至於佩拉里奇那群人，從通緝資料來看好像是新興的盜賊集團，他們大概還不知道自己拿到的東西到底會引起多大的麻煩吧？

想到這裡，佩里默默在心中為甲殼蟲點了根蠟燭，已經可以預見他們的悲慘未來。

「可是，」從安卡的話裡多少讀出一點玄機的葉雨宸在這時開了口，「如果猛獸真的可以完全限制薩魯，那他們就可以把他帶走了吧？反正就算離開大氣層後限制器不再起作用，薩魯也一樣不能使用能力？」

既然這樣，為什麼佩拉里奇會說他們不想帶著薩魯呢？是他們還不清楚猛獸真正的力量，還是在故弄玄虛？

安卡的目光掃向了葉雨宸，神色看起來更加複雜。「那是因為，猛獸有一個弱點，因為這個弱點的存在，他們無法完全控制薩魯。」

「什麼弱點？」佩里有生以來第一次覺得安卡很會吊人胃口，而他現在被吊得很焦躁，他忍不住開始在部長室裡來回踱步，同時用催促的目光緊盯著他的上司。

「所有吸收力量的容器都有其極限的容量，而當年星皇使用的猛獸幾乎是現在的兩倍大。蘇迪救出薩魯時曾經破壞了它，雖然不知道它是怎麼死而復生的，不過由體積變化可以判斷出，它現在最多只剩下百分之六十的能量。也就是說，一旦薩魯離開地球磁場的範圍，不再受到限制，他百分之百的Level 7能量將徹底撐爆這顆殘存的星雲碎片。」

安卡的語氣很平靜，難以從她如此平和的音調中聽出她真實的情緒，葉雨宸看著她微微皺眉，不明白為什麼明明聽起來是件好事，可給人的感覺卻似乎很不安。

佩里似乎也想到了什麼，臉上帶著猶豫，張了幾次口，都無法吐出問題。

「雨宸，」最後還是安卡率先開了口：「你之前說想加入宇宙警部是吧？」

完全沒想到她會在這種時候提這件看起來毫無關係的事，葉雨宸驚訝地抬眼，茫然地點頭。

「如果你能幫我們救回薩魯，我想總部就沒有任何理由拒絕你的申請了。」安卡微微一笑，兩手交叉撐著下巴。

葉雨宸瞪圓了眼睛，抬手指向自己的鼻尖。「我幫你們救回薩魯？我能做什麼？」

「長久以來，甲殼蟲之所以一直沒有落網，靠的正是佩拉里奇的屏障能力。這種能力不但可以讓他們隱形，還可以遮罩超能力訊號源，也就是說，當他展開能力的時候，我們無法探查到他們的準確位置。但如果有你的話，情況就完全不同了。目前來看，你的超聲波對所有外星人都有影響，畢竟之前你在醫院爆發的時候，就連薩魯都無法抵抗。」

安卡說這些話的時候始終直視著葉雨宸，表情從頭到尾都沒什麼變化，可她的話對葉雨宸來說卻是很大的衝擊。只見他的眼睛越瞪越大，到最後幾乎變成兩顆銅鈴。

「當然，」安卡見他反應不過來，再度開口：「我並不是強制你幫這個忙，雨宸，你可以考慮一下再給我答覆。」

「我、我當然願意幫忙！」葉雨宸突然喊出了聲，生怕自己猶豫一秒都會讓安卡感受不到他的誠意，「可是，我不知道自己能不能做到，妳也知道，我根本沒辦法控制自己的能力。」

葉雨宸想起之前那兩次爆發，雖然威力看起來確實不小，但那是被逼到危急時刻的突然爆發，更像是潛意識在操縱身體，就比如現在，如果要他把玻璃窗全都震碎，他肯定做不到。

安卡點頭，微微笑了笑。「我之前已經跟你說過，宇宙警部需要經過特訓來激發真正的潛能，十天的時間雖然是有些倉促，但有洛倫佐在，我想你的特訓會事半功倍。」

提起蘇迪，葉雨宸愣了愣，驚訝地問：「蘇迪會幫我特訓？真的嗎？」

安卡再度頷首，起身從櫃子上取下一個嶄新的資料夾，直接遞給佩里。

「你帶雨宸去做身體和能力測試，幫他建立資料庫，具體的訓練內容等洛倫佐來制定。」

佩里挑眉接過資料夾，轉身朝葉雨宸招招手，帶頭走了出去。

葉雨宸卻皺了皺眉，臨走之前忍不住悄悄地問：「蘇迪……那傢伙沒事吧？」

想起之前看到的那一幕，葉雨宸的內心七上八下。

很多事他沒有經歷過，所以無法體會蘇迪的心情，也不知道蘇迪在想什麼，但他們靠得這麼近，讓他能輕易地被蘇迪的情緒感染。

他忍不住為他擔心，擔心那種被深深壓抑的憤怒如果無法宣洩出來的話，會轉化成傷人的痛苦。

安卡走過來，輕輕拍了拍他的肩，露出一抹讓人安心的笑容。「放心吧，我去看看他，你跟佩里去吧。」

葉雨宸遲疑了片刻，點點頭，轉身跟上佩里的腳步。

ALIEN INVASION ALERT! 外星警部入侵注意

>>>CHAPTER.9

安卡搭電梯上到頂樓，看了看對面牆上的巨大星空羅盤，隨後推開了一旁虛掩的玻璃門。

遼闊的觀察室裡出現的是一大片金色草原，那草本身就是金色的，層層疊疊發散出淡淡的光暈，還有漂亮的光點在草叢間搖曳浮沉，彷彿無數螢火蟲翩翩起舞。

這樣的景象當然不是地球所有，而是通過星空羅盤的定位之後，由放在屋頂的立體投影系統映射出的幻象。

安卡望著草原中的挺拔身影，輕輕嘆了口氣，走到他身邊說：「你還是老樣子，每次定位都選斯科皮斯星。其實我已經在考慮著把它從羅盤上刪除了，畢竟，這是一顆已經不存在的星球。」

蘇迪的目光落在遠處，沒有因為她的話而偏移，似乎也沒有要接話的意思。他專注地看著遠方的某一點，彷彿不知道眼前的一切都是幻象。

安卡微微皺眉，轉身背靠在牆上，側頭看著他又開口：「我本來以為，至少這次你會定位德雷小行星。畢竟，對你來說那也是個充滿回憶的地方，而且和猛獸及薩魯都息息相關。」

片刻後，蘇迪終於有了反應，他轉過頭，對上安卡的視線，面無表情地開了口：「我懷疑星皇還活著。」

「什麼？」安卡懷疑自己聽錯了，下意識地回了兩個字。

蘇迪緊緊盯著她，抬手指向草原的方向。「當時我就覺得奇怪，喀爾薩的力量不但具有壓倒性，更重要的是他看穿了我們所有的動作，整整一支精英團，在他手下彷彿玩具般不堪一擊。」

「他當時得到了輝火。」安卡總算反應過來蘇迪在說什麼，並且試圖梳理蘇迪的疑惑。

輝火，是和猛獸一樣被命名的星雲碎片，能夠在短時間內數百倍放大使用者的能力，是殺傷性極強的終極能量核。

「他真的得到輝火了嗎？」

蘇迪緊隨其後的問題讓安卡愣了愣。斯科皮斯星的事她並沒有親身經歷，現在知道的一切都是從調查報告上看到的。她只知道喀爾薩最終死於斯科皮斯星大爆炸，而且總部在事後回收了輝火。

「安卡，妳最好讓總部的人仔細看看，他們回收的那顆星雲碎片到底是不是輝火。」

丟下這句話，蘇迪轉身朝玻璃門的方向走去。安卡沉思了幾秒，在他的身影即將消失時再度開口：「洛倫佐，星皇的事我會讓總部去確認，現在我們首先要做的是救回薩魯。雨宸已經同意幫我們的忙，但他的能力還需要開發，這件事可以交給你嗎？」

蘇迪聞言頓了頓腳步，從安卡的位置，可以看到他微微頷首。

電梯門「叮」一聲開起，蘇迪踏進去後關上門。安卡還站在觀察室內，她回頭看了眼一望無際的金色草原，無聲嘆息。

如果星皇還活著，有很大的可能，他們大概無法再留在地球上，維持如此平靜的生活了吧。

「啊啊啊啊啊啊——」

持續的叫聲在六棱形玻璃房中回蕩，拿著資料夾和檢測器的佩里站在玻璃房外掏了掏耳朵，朝裡面正聲嘶力竭大叫的人招招手，叫聲立刻停了下來，嗓子都快啞了的人氣喘吁吁地走近，兩人隔著玻璃大眼瞪小眼。

「雨宸哥，你真的有超聲波能力嗎？根本檢測不到數據啊。」把檢測器貼在玻璃上，佩里指著上面一條平直的波段滿臉無奈。

葉雨宸兩手撐著玻璃喘氣，翻著白眼說：「這種事你問我有什麼用，又不是我說自己有超聲波的能力。」

「洛倫佐前輩的判斷應該不會錯啊，可是你都喊了五分鐘了，為什麼能力波段還是沒有任何反應呢？」

佩里覺得很奇怪，雖然現在只是初步的能力測試，可連基礎能力值都測不出來，還搞個屁特訓？虧他特地把人帶來聲波訓練室，如果這些抗震玻璃也有意識的話，現在肯定會鄙視他的判斷力。

而且，除了蘇迪的判斷之外，他也知道葉雨宸之前在家裡和醫院裡都曾經震碎過玻璃，那麼超聲波的能力確實應該存在才對。難道說，那是只有在危急情況下才能觸發的能力？那也太靠不住了吧……

「雨宸，你唱首歌。」

突然自側面響起的聲音讓兩人一齊轉過頭，看到蘇迪走近，兩人幾乎同時開口。

「蘇迪！」

「洛倫佐前輩！」

蘇迪朝兩人點點頭，徑直走到玻璃房前，對葉雨宸說：「就唱那首《相依》。」

雖然不知道蘇迪為什麼要叫自己唱歌，但看到他沒事了，葉雨宸心裡懸著的石頭也總算落了地。笑著點點頭，他走回玻璃房正中間，做了個深呼吸，閉上了眼睛。

歌聲很快響起，葉雨宸清澈的嗓音穿過玻璃和空氣，直達靈魂深處，給人溫暖舒心的感覺。

佩里露出了驚訝的表情，宇宙中當然也有星際歌星，佩里也有喜歡的歌手，來地球的時候他還帶了好多喜歡的歌曲檔案。他從來沒聽過地球人唱歌，所以難以想像地球人也可以唱得這麼好。

那筆直傳入耳中的聲線非常好聽，帶著陽光般的明媚和春風般的柔和，平緩時如親人的呵護，深情時又像情人的呢喃，那幾乎是讓人聽過後就再也忘不了的聲音。

佩里的情緒變得激動，有那麼一瞬間，他幾乎忘記了自己的工作，全副身心都投入了聆聽。

然而，這種狀態並沒有持續太久，因為很快，耳膜一陣刺痛，嗡嗡嗡的噪音在腦中響起，他的頭立刻劇烈地痛了起來。

與此同時，他手中的檢測器上，原本始終維持平直狀態的波段線突然劇烈地上下波動，很快就出現了極大的落差。

一雙手突然捂住他的耳朵，歌聲變輕，頭痛頓時跟著減輕了不少。佩里訝異地抬頭，看到蘇迪就站在他身後，一邊捂著他的耳朵帶著他後退，一邊面無表情地看著玻璃房裡的葉雨宸。

「前輩，難道你的頭不痛嗎？」佩里實在忍不住好奇，僵著脖子問了一句。

蘇迪挑了挑眉，帶著他退後了近十公尺，這才放開他的耳朵回話：「顯然，我們對疼痛的忍耐程度並不相同。」

歌聲再度清晰地傳入耳中，佩里的頭又痛了起來，但拉開一定距離後，這種痛楚比剛才減輕了一些。他按著太陽穴，又往後退了好幾公尺，直到背脊貼上牆壁，才覺得頭痛的感覺可以忍受了。

一曲終了，葉雨宸緩緩睜開眼睛，轉頭看向他們。

佩里有些脫力地靠在牆上，臉色微微蒼白，額頭沁出一層薄汗，他喘著氣說：「洛倫佐前輩，我還是覺得，你應該事先說清楚頭會這麼痛！」

蘇迪不置可否，直接問道：「能力值是多少？」

冷漠的反應並沒有讓佩里覺得不自在，或者應該說他已經習慣了這樣的蘇迪。低頭看了眼檢測器，他誇張地驚呼起來：「什麼？這種程度才 Level 3？這檢測器是不是壞掉了！」

葉雨宸從玻璃房裡走了出來，聽到 Level 3 這幾個字，有些不甘心地撇了撇嘴。最高等級是 Level 7，他還不到一半？這根本就是半吊子的水準嘛，安卡剛剛說甲殼蟲那幾人都是 Level 幾？

相比之下，蘇迪的反應非常平靜，似乎對這個結果並不意外，他從佩里手中接過檢測器，淡淡開口：「我會幫他特訓提高能力值，而你需要做的是……」

話沒說完，天才少年扶著牆站直，豎起一根食指說：「超聲波隔離耳機，還有能量增幅器，我知道。」

蘇迪點頭，佩里接著說：「從剛才的情況來看，捂住耳朵和拉開距離都能有效減輕影響，再加上七星號本身的防禦屏障，如果雨宸哥沒辦法把能力提高到 Level 6 的話，這個計畫根本行不通。」

這句話嚇了葉雨宸一跳，就算他對 Level 3 提升到 Level 6 的概念不是很清楚，可至少知道平時考試只考五十分的學生要把成績提高到一百分是很困難的，何況，他們只有十天！

蘇迪轉頭朝葉雨宸看了一眼，涼涼地說：「本人不值得期待的話，就只能期待你的增幅器了。」

佩里嘴角一抽，只覺得壓力山大，地球分部的資源可是很有限的，這次又不能向總部請求支援，他連增幅器的材料都未必能湊齊，提升三個 Level？他很想對蘇迪說這根本就是妄想。

卻沒想到，他這邊還沒回話，那邊葉雨宸已經跳了起來，握緊拳頭大聲說：「喂喂，什麼叫本人不值得期待啊！你有什麼辦法就來好了，我才不怕呢，我告訴你，我的潛能可是沒有極限的！Level 6 就 Level 6，你以為我會怕你嗎！」

佩里目瞪口呆地看著平日裡優雅溫和的葉雨宸激動得像變了個人，而面前，背對著葉雨宸的洛倫佐居然微微勾起了嘴角，那表情，根本就是計畫通啊！

銀髮少年默默扶了扶額，轉身往外走，決定不要在這裡打擾這兩人的特訓。唔，他還是去找增幅器的材料好了，早知道會發生這種事，就不把之前從費利南德那邊得到的那塊星雲碎片用光了，唉。

果然增幅器這種東西，最好的原料還是星雲碎片吶。咦？等一下，說到星雲碎片，倉庫裡好像還有一顆？葉雨宸從他父親那裡繼承的那塊星雲碎片，當時事件結束後蘇迪交給他讓他好好保管的。

這麼說來，這塊沒有上交總部的星雲碎片他們可以自行處理了？太好了，那可是好大一塊呢！

想到這裡，佩里的眼睛立刻亮了起來，臉上浮起興奮的神情，朝倉庫狂奔而去。

聲波訓練室裡，蘇迪正向葉雨宸傳授基礎知識：「超能力是孕育在血液中的能量，由情感、意識和意念來操控，你現在在初始階段，能力完全由無意識的情感觸發。所以現階段的訓練目標，是將無意識的情感觸發升級成有意識的意念觸發。」

「唔，聽起來並不難理解，問題是怎麼做？」

「儘量長時間地維持情感的釋放，目前來看，唱歌對你來說是個不錯的訓練方式。」

「所以我要做的就是不停在這裡唱歌？」葉雨宸眨了眨眼睛，只要不停唱這麼簡單？這真的有用嗎？

蘇迪抬手敲了敲身邊的玻璃房。「首先第一步，唱到把這些玻璃全部震碎。需要注意的是，並不只是不停唱歌這麼簡單，而是要持續地釋放情感，把意識全部集中在歌聲裡，其他什麼都不要想。漸漸的，你自己就會感覺到力量。」

葉雨宸似懂非懂地點點頭，這些理論聽起來並不難，可自己到底能做到什麼程度，總要試了才知道。

起身回到玻璃房，正要開嗓，卻發現蘇迪轉身朝外走去，葉雨宸立刻叫住了他：「蘇迪，你要去哪裡？」

蘇迪從口袋裡摸出手機，晃了晃後說：「我去聯絡陳樂安排一下十天後的工作。」

「咦？工作？什麼工作？」

「就算你在十天裡達到 Level 6，也不能指望在這裡唱就能影響到甲殼蟲，畢竟我們根本不知道他們在哪裡。」

「……所以？」葉雨宸歪著腦袋賣萌，頭上頂了一堆問號。

蘇迪摸了摸下巴，居然也學著他的樣子歪了歪頭，反問道：「辦一場演唱會？」

「十天的時間，怎麼可能辦一場演唱會，根本來不及準備！」葉雨宸有點抓狂，這種節骨眼上，蘇迪你來賣萌？這樣對嗎？對嗎？對嗎?!

見提議被駁回，蘇迪聳了聳肩，嘆口氣說：「那麼，只好找一場演唱會去當神祕嘉賓了。最近有誰要開演唱會？你有沒有什麼好的推薦？」

一聽還是這條路，葉雨宸兩眼一翻差點暈過去，他無力地撐著玻璃問：「為什麼一定要是演唱會？」

看出他的疑惑，蘇迪這才想起來還沒告訴他原理，當下又開始解釋：「演唱會有電視和網路轉播，我們可以從中提取電磁波擴散到空氣裡，這樣你的能力覆蓋範圍將擴大無數倍。佩拉里奇一旦被你的能力影響，七星號的位置立刻就會被我們捕捉。」

「原來是這樣。」葉雨宸恍然大悟，沉思了幾秒鐘後抓了抓腦袋說：「如果我沒記錯的話，十天後正好是RED-BLUE組合的演唱會，毅哥曾經是他們的團員，雖然後來單飛專心發展影視，但和他們的關係一直很好。如果去找他的話，說不定可以拿到這個神祕嘉賓的機會。」

「甄毅嗎？」

「嗯，而且，這件事最好不要用催眠，演唱會畢竟是大事，太容易露出馬腳了。」覺得蘇迪很可能直接用催眠解決這件事，葉雨宸忍不住出言提醒。

先不說超人氣組合RED-BLUE整個團隊有多龐大，就是粉絲那邊肯定也會疑惑為什麼會突然找葉雨宸來當神祕嘉賓。如果沒有一個合理的解釋而是含糊不清的話，一定會引起不必要的注意，蘇迪總不可能催眠所有粉絲吧？

蘇迪沉思片刻，明白了他的意思，挑眉道：「那麼，這件事就交給安卡吧。」

「不太好吧？他們兩個現在……」葉雨宸語氣十分遲疑，雖然那晚和甄毅好好談過後他就沒有再問起安卡的事，但拍戲休息的時候他好幾次看到那個男人獨自坐著發呆。甄毅心裡，還是沒有完全放下吧。

這種時候讓安卡去向他提要求，他當然不會拒絕，可答應之後，心裡又會出現多少波瀾呢？葉雨宸想，這樣做對甄毅來說會不會太殘忍了。

沒想到，蘇迪斜睨了他一眼，淡淡地說：「那是他們之間的事，只有他們自己能夠解決。」

這句話讓葉雨宸愣了半天，直到蘇迪再次邁開腳步，扒在玻璃上的人才哈哈大笑，戲謔地說：「想不到，蘇迪你也有這麼溫柔的時候呢。」

離開的人充耳不聞，連表情都吝嗇回一個，就這樣邁著大步走掉了。

玻璃房中的葉雨宸捧著肚子笑了半天，走到中心位置，朝四周那些看起來牢不可破的玻璃瞄了一眼，深吸口氣，再度綻開了歌喉。

沒有人知道安卡和甄毅之間進行了一場怎樣的對話，只知道三天後，安卡帶著甄毅出現在指揮部的辦公室，當時葉雨宸正在會客室的沙發上抱著雪團休息。

「毅哥?!你怎麼……」看到甄毅，葉雨宸的表情和見到鬼差不多，一個不小心掐到雪團的脖子，立刻換回愛貓一記爪擊，手背上冒出四條紅痕。

甄毅剛毅的臉上浮起一絲靦腆，和安卡對視一眼，這才走過來在沙發上坐下。安卡則向葉雨宸點了點頭，接著就去忙工作了。

「聽說你在特訓，成果怎麼樣？」甄毅忽略葉雨宸一臉的驚訝，若無其事地主動問候。

葉雨宸眨了眨眼睛，朝部長室的方向看了一眼，瞇起眼睛一臉壞笑，答非所問：「你們重修舊好了？」

「咳咳……」三十六歲的男人露出和年紀不符的窘迫，咳嗽了幾聲後低聲開口：「和你談過之後，我確實一直對自己說別再想她，可是當她再次出現在我面前，我就知道那根本不可能。」

「那她呢？她怎麼會答應你？」想起安卡曾經的堅決，葉雨宸的好奇心已經全部被勾起來了。就連懷裡的雪團也豎起了耳朵，眼巴巴地等著男人公布答案。

提到這個問題，甄毅臉上的靦腆消失了，取而代之的是一種彷彿連靈魂都解放了的愉悅，他湊近葉雨宸，壓低嗓音說：「你可以這麼理解——我們的身體實在太契合，根本捨不得再分開。」

會客室裡沉默了數秒，葉雨宸一臉敬佩地朝甄毅豎了豎拇指，決定不再繼續這個兒童不宜的話題。

「對了，你的特訓到底怎麼樣了？」

甄毅把話題轉了回去，葉雨宸的嘴角一抽，指著自己的喉嚨反問：「你有沒有覺得我的聲音有點啞？」

「好像……沒有吧？」

「有！明明就有！」葉雨宸故意壓低嗓音，瞪了甄毅一眼，他懷裡的雪團立刻翻了翻白眼，一臉鄙夷地看著他。

甄毅笑了笑，轉頭看看四周。「看來沒什麼成果啊？蘇迪呢？怎麼沒看到他。」

「他和佩里正在研究什麼增幅器，好了，我休息夠了，再去練一下吧。」葉雨宸說著，起身把雪團放到沙發上，見甄毅一臉好奇，索性帶他一起去聲波訓練室。

「對了，神祕嘉賓的事我已經幫你打過招呼了，你把曲目告訴我，好讓樂團準備一下。」

「沒問題，就是最新的那首《相依》，這三天一直在重複唱這首歌，我都快吐了。」

兩人說著話，已經來到了聲波訓練室，甄毅雖然從安卡那裡聽說了不少宇宙警部的事，不過終究沒有親眼過，所以現在看什麼都覺得新奇，還伸手摸了摸眼前這座六棱形的玻璃房。

經過三天特訓，葉雨宸已經能夠心無雜念地唱歌，能力值也有所提升，然而始終無法達到蘇迪所說的震碎玻璃的程度。他心裡多少有點焦慮，可總體來說心態還算平穩，沒有急功近利的想法。

再一次回到玻璃房的中心，他做了三次深呼吸，這才閉起眼睛集中精神，張開雙臂，再一次唱起了那首已經倒背如流的《相依》。

甄毅往後退了幾步，看著一臉認真的葉雨宸，心頭無限感慨。

他參演過很多大片，其中不乏科幻題材，但外星人對他來說終究只是虛構生物，不存在於生活之中。甚至在知道安卡的真實身分後，他也完全無法把她和電影中那些光怪陸離的外星人視為同類。

而外星人保護地球，這對他來說就更難想像了。他現在只想珍惜重新和安卡在一起的日子，就算知道他們無法共度一生，他依然心甘情願。

但是此刻，看著玻璃房中的葉雨宸，他就算清楚自己是個局外人，也似乎感受到了一份使命。

葉雨宸在努力，努力當一名合格的宇宙警部，努力救回薩魯，努力保護這個地球。

凝聚的目光，漸漸發現有些看不清晰，甄毅狐疑地皺眉，抬手揉了揉眼睛。耳邊依然是葉雨宸充滿感情的高歌，但眼前，原本澄淨無暇的玻璃牆，居然開始出現細小的裂縫！

甄毅瞪大了眼睛，還沒見識過外星超能力的他，這一刻親眼目睹了神奇的變化。

隨著歌曲進入高潮，葉雨宸的音調不斷拔高，玻璃牆上的裂縫越來越多，猶如交互傳染般向四周迅速擴散，最後只聽「砰」一聲巨響，六面玻璃牆同時碎裂，無數玻璃渣跌落地面，引起絡繹不絕的脆響。

甄毅捂著耳朵半蹲，震驚地看著同樣目瞪口呆的葉雨宸，好一會兒後，被碎玻璃渣包圍的青年露出了興奮的笑容，激動地大喊：「Yeah，我成功了！」

聲波訓練室的門隨即被人打開，走進來的蘇迪和佩里看到全毀的玻璃房，眼中都閃過了驚訝。

葉雨宸三步併作兩步跑出來，眼睛亮得像宇宙中的星辰。他撲向蘇迪，緊緊抱住他的脖子，激動地說：「蘇迪，我成功了，我做到了！」

緊致的擁抱幾乎讓人無法呼吸，微涼的體溫衝擊著他體內的高熱，並不習慣這樣親密的行為，但這一刻，蘇迪感受到了不同尋常的溫暖。

眼中的驚訝褪去，取而代之的是一抹淡淡笑意，他點點頭，抬手抱住葉雨宸，涼涼地開口：「看來對你來說，這比硬漢電影更好掌握。」

佩里和甄毅同時露出狐疑的表情，只有葉雨宸哈哈大笑起來。

等葉雨宸終於笑夠了，也放開了蘇迪之後，佩里滿頭黑線地遞出一支麥克風。

「雨宸哥，這是特別為你訂製的道具。整支麥克風的原料都是星雲碎片，增幅效果應該很夠力，演唱會的時候記得就用這支。配套的零件洛倫佐前輩會帶去現場，現在我們來測試一下效果。」

佩里說著，走到滿地玻璃渣前抬起右手，只見一層銀光在他的掌心閃爍，接著，一地玻璃渣騰空而起，居然飛回各自原來的位置，重新組成了六面完好無損的玻璃牆。

葉雨宸和甄毅都驚訝地張大了嘴，結果佩里回頭看到這一幕，頭頂冒出兩個問號，奇怪地問：「這沒什麼好驚訝的吧？既然玻璃能用超能力震碎，當然也能用超能力修復，不然每次都重裝六塊抗震玻璃也太燒錢了！」

說完這句話，他瀟灑地朝葉雨宸揮揮手，示意他進去測試。

葉雨宸看了眼手裡製作精良的麥克風，突然想起什麼似地問：「啊，對了佩里，你說這是用星雲碎片做的？不會就是之前我那塊吧？」

佩里點了點頭。「當然是，不然地球上哪裡還有第二塊？也算運氣好，這塊的屬性正好適合做增幅器呢。」

一聽原料真的是自己那塊星雲碎片，葉雨宸都快哭了。他繃緊了神經僵硬地轉動脖子，看向蘇迪結結巴巴地說：「這、這……蘇迪，我、我忘記和佩里說了……」

佩里不明白他是什麼意思，訝異地挑起眉，也把目光轉向一旁面無表情的男人。

蘇迪抬眼看向葉雨宸，平靜地開口：「你可以再拿其他東西來賠我。」

一聽這話，葉雨宸垮下臉。沒錯，這塊星雲碎片，正是當初他拿來賄賂蘇迪和薩魯一起參加廣告拍攝的豪禮，哪想到，現在居然被佩里直接做成道具了……

扯了扯嘴角，葉雨宸一邊想著他還能有什麼值錢的好東西可以賠給蘇迪，一邊舉起麥克風，直接開唱。

第一個音，佩里臉色大變，匆匆從口袋裡摸出一副耳機戴上；第二個音，蘇迪也微微皺眉，取出耳機戴上；第三個音，抗震玻璃上開始出現細小的裂縫；第四個音，裂縫開始以極快的速度蔓延；第五個音，玻璃爆裂的巨響再一次在空氣中炸開。

閉著眼沉浸在自己世界裡的葉雨宸也被突如其來的爆炸嚇到，當他猛然睜開眼睛、看到重新碎了一地的玻璃時，抬手指著自己的鼻子，不可思議地問：「這不會是我幹的吧？」

不可能吧？雖然之前就能震碎玻璃了，可那要唱到最高潮的部分啊，現在他才剛開口而已！

佩里和蘇迪對視了一眼，兩人同時看向佩里拿出來的檢測器，高低飄忽的波段線上，波峰位置赫然指向了Level 6！

ALIEN INVASION ALERT! 外星警部入侵注意

>>>CHAPTER.10

十天後，RED-BLUE 演唱會現場，粉絲狂熱的情緒在體育場內迴響，場館內到處都是激動的歡呼和吶喊。

葉雨宸站在後臺，感覺心臟怦怦亂跳。雖然他也開過兩次演唱會，但規模實在比不上 RED-BLUE 這種專業演唱的超人氣組合，想到要在這麼多觀眾面前唱歌，他突然有點緊張了。

心中正忐忑著，肩膀上傳來壓力，他轉頭，看到自家面無表情的助理正站在他身邊，淡淡提醒他道：「防禦屏障打開後他們在三十秒內就可以離開地球，所以開始的那三十秒很重要。」

「只有三十秒？就不能想辦法拖延一下嗎？」葉雨宸覺得頭皮有點發麻，直到今天下午為止，他能在前三十秒內釋放 Level 6 級別能量的機率也不過只有百分之四十左右，在這種情況下要在實踐中一次成功，難度實在有點大啊。

以為蘇迪會說些安慰或者鼓勵的話，沒想到那傢伙垂下眼簾看他，涼涼地開口：「你做不到的話，就別想加入宇宙警部了，我們不需要關鍵時刻派不上用場的傢伙。」

「這根本是兩碼事！」葉雨宸抓狂，不管怎麼說他已經盡力了，再說每個宇宙警部都能通過僅僅十天的特訓就變得很可靠？打死他都不信！

舞臺上，演唱會已經正式開始了，司儀正要宣布今晚的神祕嘉賓，蘇迪把那支由星雲碎片打造的麥克風遞過來，再次開口：「我們都相信你做得到。」

簡簡單單的一句話，像是敲進靈魂深處的定心丸，葉雨宸緩緩接過麥克風，唇邊綻開一抹燦爛的笑容。

當葉雨宸的名字在前臺被叫響時，臺下的觀眾先是一片驚訝，但接著，陸陸續續有歡呼聲響了起來。

作為 RED-BLUE 過去成員的甄毅今天也到了現場，而熟悉他的粉絲都知道葉雨宸不久前和他合作拍了一部電影，雖然目前電影還沒有上映，網路宣傳已經吊足了大家的胃口。

所以此刻，當得知今晚的神祕嘉賓就是葉雨宸時，觀眾們的反應都很熱切。就算是之前並不熟悉他的人，也期待能看到他的精彩表現。

葉雨宸在歡呼聲中跑上臺，和主持人互動並且和觀眾打過招呼後，背景音樂響了起來，與此同時，後臺的蘇迪聽到無線耳機中響起佩里的聲音：「防禦屏障打開倒計時，十秒，九秒，八秒，七秒……」

倒數到一秒時，葉雨宸的歌聲響起，清透明媚的嗓音透過麥克風環繞全場。站得過近，就算戴著超聲波隔離耳機，蘇迪還是隱隱感覺到了頭痛。

他低頭看手表，秒數一跳一跳增加，但佩里的指示卻始終沒有響起。

蘇迪抬頭看向葉雨宸，耀眼的舞臺燈光下，青年閉著眼睛沉浸在自己的世界中，他的唇邊有一抹淡淡的笑意，每一個音，每一道曲調，都自由舒展，像是翱翔在空中的飛鳥。

秒數已經跳動二十次，蘇迪看著舞臺上彷彿發著光的人，心裡默念道：

雨宸，加油。

二十一秒，二十二秒，二十三秒，蘇迪的手按上了能量環，二十四秒，二十五秒，二十六秒，能量環微微開始發光，二十七秒，二十八秒。

「前輩！座標 B67、D98，目標正在脫離大氣層！」

正在後臺忙碌的 RED-BLUE 工作人員覺得自己眼花了，因為前一秒還站在附近的葉雨宸的助理，居然在眨眼間就消失了……

七星號上，蛇型女姬娜正在確認薩魯的狀態，駕駛臺前，鋼鬼約瑟夫和彈頭那瓦勒看著逐漸被拋到後方的大氣層興奮地大笑起來。

佩拉里奇走到姬娜身邊，沉聲問：「確定他已經暈過去了嗎？」

姬娜摸了摸薩魯的額頭，指尖傳來滾燙的溫度，點頭說：「放心吧，餓了這麼多天，就算是個成年人都餓暈了。而且他的體溫正在不斷攀高，幸好我們今天就要把他丟出去，不然真擔心他會死在船上。」

「哼，如果不是猛獸被……」

佩拉里奇還想說什麼，結果因為一陣突然鑽進腦中的嗡嗚聲而打斷，他瞪大了眼睛，只覺得頭部彷彿裂開般劇烈地痛了起來。

不僅是他，同一時間，姬娜、約瑟夫、那瓦勒都抱著頭慘叫起來。

自動巡航狀態的七星號還在朝大氣層飛去，但原本覆在艦體上的一層光膜卻漸漸消融。

佩拉里奇意識到事情不對勁，但不管他怎麼集中精神，都無法屏蔽腦中的嗡嗚聲，他咬緊牙關，正想提醒大家小心，眼前卻突然冒出一道人影。

一身普普通通的地球服飾，卻掩蓋不了那人手腕上能量環發出的耀眼光芒，以及那雙直視著他，如萬年寒冰的冰冷雙眸。

「神、神槍洛倫佐！」佩拉里奇見鬼般瞪圓了眼睛，手立刻往腰間摸，結果還沒碰到配槍，一陣刺眼的銀光從蘇迪的能量環中綻出，猛然朝四周輻射出去。

剎那間，時間停止了，佩拉里奇他們變成四尊雕像，七星號也停在大氣層的邊緣，只有被綁在限制器上的男孩，緩緩睜開淺栗色的眼睛。

蘇迪用雙手扶住薩魯的肩膀，下一瞬，兩人已經離開七星號內部，站在了艦船頂端。

薩魯晃了晃往下倒，幸虧蘇迪扶著他，只見他一臉悲憤，咬牙切齒地說：「這幾個混蛋，居然敢餓我這麼多天，以為這樣我就使不出力量了嗎！」

拉開的衣襟中，暴露在外的限制器中原本湧動的能量不見了，薩魯用力一扯，限制器立刻變成了碎片。

男孩蹲下身，張開五指貼上艦體，不過眨眼間，外殼浮起了無數裂紋，這些裂紋迅速蔓延，很快包圍了整艘船艦。

做完這個動作，薩魯眼前一黑就要栽倒，蘇迪長臂一撈把他拎起來，皺眉說：「你的體溫控制不住了，省點能量吧。」

薩魯用滾燙的手抱住蘇迪的脖子，閉起眼睛喃喃地說：「洛倫佐，我好餓……」

蘇迪輕輕嘆了口氣，抱起越來越燙的男孩，冷冷瞥了眼腳下即將支離破碎的七星號，沉聲開口：「我們回家。」

佩拉里奇回過神的時候只覺得渾身僵硬，腦子裡的嗡鳴聲終於消失了，他有一瞬間的茫然，不知道自己為什麼要摸腰間的槍。

但是下一秒，姬娜的驚呼聲點醒了他，「薩魯不見了！」

佩拉里奇轉頭，看到空空如也的限制器，神經瞬間緊繃，朝控制臺的方向吼：「快打開防禦系統，宇宙警部的人一定就在附近！」

控制臺前的兩個人手忙腳亂地操作者，然而，他們很快就發現，艦體已經完全不受控制了。

「老大！動力系統崩潰了！」

「老大！推動器沒有反應，好像已經熄火了！」

伴隨約瑟夫和那瓦勒驚叫的，是驟然傾斜的船艦，以及可以從舷窗看到的，在艦體上不斷擴大的裂紋。

垂落的船艦開始穿越大氣層，四個人眼看著艦體著火燃燒，彷彿看到了屬於他們的末日。

RED-BLUE 演唱會結束後，葉雨宸匆匆和眾人打了招呼後跑出場館，鑽進了 Alex 中，急切地問：「情況怎麼樣？」

清脆的女聲用愉悅的音調回覆：「放心吧，葉先生，薩魯閣下已經平安救回來了，甲殼蟲也被捕了。」

葉雨宸聞言大大鬆了口氣，整個人癱在座椅上，嘴裡喃喃地說：「太好了，救回來就好。」

Alex 笑了笑，啟動自動駕駛模式，朝葉雨宸家的方向開去。

半路上葉雨宸反應過來，坐正身體問：「蘇迪他們在哪裡？我想看看薩魯。」

「他們在您家，回去就可以看到了。」

「這樣啊，那我們快點回去！」

Alex在路上飛馳，二十分鐘後，停在了葉雨宸家門口，窗戶裡透出明亮的燈光，葉雨宸加快了下車和開門的速度。

「薩魯，蘇迪，我回來了！」

清亮的喊聲在客廳中迴蕩，卻沒有立刻得到回應，葉雨宸看著端坐在沙發上的人，愣在了玄關。

除了面無表情的蘇迪和低著頭看不到表情的薩魯外，沙發上還有一個陌生人。

那人穿著一身筆挺的黑色軍裝，胸口掛著數枚勳章，軍帽下的臉俊美無邊，狹長的鳳目、微微鷹勾的鼻尖再加上性感的薄唇，全都體現著誘惑。

這是個外表無可挑剔的美男子，但因為面部線條過於冷硬，加上渾身上下自然散發出的寒氣，讓人根本不敢接近。

這是個和蘇迪一樣看起來冷冰冰的人，卻又和蘇迪完全不同。

聽到葉雨宸的聲音，男人微微側過頭，披散在身後的銀色長髮隨著動作輕輕晃動，幾縷髮絲滑落在肩頭。

男人的目光和葉雨宸在空中相觸，原本就狹長的雙眼微微一瞇，瞳孔也跟著收縮。那一瞬間，葉雨宸打了個冷顫，突然有種被蛇盯上的恐怖感覺。

「哥哥！」薩魯在這時猛然抬頭，叫聲出口的同時，沙發上的兩個靠墊自動飛起，擋在了男人和葉雨宸之間，隔斷了他們的對視。

葉雨宸聽到這個稱呼有點驚訝，快步走到沙發邊，看著男人說：「你是薩魯的哥哥？毒蛇奧密爾頓？」

他這句話說得很快，可沙發上的人卻有點驚訝，無論是薩魯，還是被問話的陌生男子都是，只有蘇迪處變不驚，嘴角還微微勾起。

薩魯站起身，兩步邁過來，拉著葉雨宸的手臂問：「你沒事吧？」

葉雨宸頭上冒出兩個問號，俯身摸了摸薩魯的腦袋，笑著說：「這句話是我要問的，薩魯，你沒事吧？」

面對招牌的燦爛笑容，男孩的臉微微泛紅，他點點頭回答：「我沒事，謝謝你協助洛倫佐救我。」

三小時前就被蘇迪帶回來的薩魯已經換過衣服，吃過飯，也泡過能量池，所以現在站在葉雨宸面前的，確實是個完好無損的薩魯。

葉雨宸扶著他的肩膀，把他從頭看到腳，確認他真的無礙，這才鬆了口氣，笑著說：「歡迎回來，我不會再把你弄丟了。」

聽著這句話，薩魯覺得心裡暖洋洋的，臉上的笑容也不自覺地越來越好看。

兩人對視了好一會兒，他搖了搖葉雨宸的手，指著沙發上始終面無表情看著他們的男人說：「這是我哥哥，奧密爾頓．恩格．菲切賽爾．米修。」

被介紹的男人站起身，葉雨宸才發現對方也很高，可能比蘇迪還高一點點，四肢修長，軍裝穿在他身上簡直帥氣得天理不容。

他朝葉雨宸伸出手，臉上的表情似笑非笑。「謝謝你救了我弟弟。」冰冷的聲線再度讓葉雨宸抖了抖，也不知道為什麼，這個男人明明沒有表現出任何攻擊性，卻讓人打從心底覺得畏懼。

葉雨宸扯了扯嘴角，握住奧密爾頓的手。「不客氣。」接觸到的皮膚冷得像冰塊，葉雨宸只覺得一股寒意沿著掌心往上擴散，隨即迅速鬆開手。

察覺到他的抵觸，奧密爾頓也放開手，把目光轉向薩魯。「人已經看到了，可以走了吧？」

薩魯皺緊了眉，牙齒咬著下唇，臉上滿是掙扎和猶豫。

葉雨宸察覺到不對勁，轉頭問蘇迪：「怎麼了？他們要去哪裡？」

從他回來開始就始終保持沉默的男人終於開口：「奧密爾頓要帶薩魯回家，移交手續已經辦好了，薩魯說在走之前要再和你見一面。」

一聽薩魯要走，葉雨宸的情緒有點波動，皺眉問：「去尤塔星的飛船不是還要一陣子才經過地球嗎？」

「我們擅自打開防禦屏障的事驚動了總部，總部得知情況後，索羅上將派了他過來。」

聽到是薩魯父親的指示，葉雨宸知道這件事沒有斡旋的餘地，臉上浮起一絲失望。他在回來的路上還在想，為了補償薩魯，一定要在他回去前帶他好好玩一玩呢。

目光轉回薩魯身上，葉雨宸輕輕抱了抱他，笑著說：「看來只能等你下次來地球我們再出去玩了，只是，希望那一天不要太遠，畢竟，我可是會老的。」

最後一句話逗笑了薩魯，他的眼中湧起一絲水氣，用力揉了揉眼睛才開口：「我一定會在你變成老頭子前回來的。」

和蘇迪一起把人送到門口，期間兩塊冰山始終沉默不語，只有葉雨宸嘮嘮叨叨地和薩魯道別，彷彿這輩子都不會見面了一樣。

直到兩人被一艘飛碟吸走，飛碟化成光束消失在夜空之中，葉雨宸才重重嘆了口氣，覺得心裡有點空落。

身邊的蘇迪已經轉身往回走，葉雨宸愣了愣後跟上他的腳步，好奇地問：「你和奧密爾頓的關係不好嗎？」

雖然從頭到尾兩人都沒怎麼說話，不過葉雨宸還是敏感地捕捉到空氣中隱隱的火藥味。

蘇迪聳了聳肩，沉默片刻後回說：「奧密爾頓是心靈感應 Level 6 的能力者，特別喜歡窺探他人的內心，在我看來這是很變態的行為。」

「啊，難怪剛才薩魯反應那麼激動，還用枕頭擋住我，是怕他窺探我的內心嗎？」葉雨宸想起之前怪怪的狀況，總算明白為什麼薩魯要那麼做。

蘇迪點頭，又說：「另外，那傢伙有嚴重的戀弟情節，當初是我把薩魯救回來而不是他這件事一直讓他很介意。」

一聽居然還有這樣的理由，葉雨宸忍不住腳下一滑，無言地說：「不是吧，都是好幾年的事了，他還在介意?再說你救了薩魯不是好事嗎？」

「誰跟你說是幾年？」蘇迪回頭，看著葉雨宸的表情有點微妙。

葉雨宸眨了眨眼，似乎不明白他的話是什麼意思。

蘇迪微微勾了勾嘴角，再度開口：「那是三十年前的事了。」

「三十年前?!你在開玩笑嗎！」猛然瞪大眼睛，葉雨宸幾乎是咆哮著吼出這句話。

「沒有。」

「可是他看起來還不到十歲！」

「哦，一直沒有告訴你，尤塔星人的平均壽命是一千五百歲，每三百年成長一個形態。所以薩魯現在的年紀是三百到六百歲之間，具體是多少我也記不太清楚。」

「……」

葉雨宸目瞪口呆，在客廳裡石化成了一尊雕像，而始作俑者則瀟灑地朝他揮揮手，轉身上樓。

兩秒後，石像僵硬地轉動脖子，看著他的背影問：「那你呢？你今年幾歲了？」

蘇迪半側過頭，帥氣非凡的側臉上勾起迷人笑容。「我拒絕回答這個問題。」

「……」葉雨宸徹底無力地癱倒在沙發上，他覺得他可能需要很久才能消化這個驚人的事實。

一個月後的某一天，剛剛結束工作的葉雨宸被安卡召喚到宇宙警部辦公室。雖然電話中安卡沒有透露是什麼事，不過他的心情已經激動了起來。

一定是總部通過了他的申請，他馬上就要正式成為宇宙警部了！

這樣想著的大明星興高采烈地衝進了虛空傳送門，直接把蘇迪甩在身後。

踏出傳送門，葉雨宸立刻跑向部長室，甚至差點撞倒抱著一堆資料夾導致看不見路的佩里。

「上校，我來了！」推開部長室的門，葉雨宸激動地大喊。

安靜的部長室中，坐在靠背椅上的安卡聞聲抬起頭，而她的辦公桌前，還站著一個穿著制服的少年。

意識到安卡正在和屬下說話，葉雨宸愣了愣，隨即羞愧地說：「對不起，我太激動了，忘記敲門，我這就出去等。」

收回邁進辦公室的腿，他剛要把門關上，安卡面前的少年轉過頭，朝他揚起笑臉說：「雨宸，你不用出去。」

葉雨宸愣了愣，不過在看清少年的臉後，頓時驚訝得說不出話來。

雖然體型拔高了很多，頭髮也稍微長了一點點，但毫無疑問，那張驚天地泣鬼神的漂亮臉蛋屬於一個不久前才剛離開的男孩。

薩魯・恩格・菲切賽爾・米修。

在葉雨宸震驚的瞪視中，少年走到他面前，笑容燦爛地說：「我剛剛在尤塔星過完了六百歲生日，我長大了。」

六百歲……葉雨宸覺得有點暈眩，這才知道蘇迪之前真的不是在和他開玩笑。

「你怎麼會在這裡？」目瞪口呆的人愣愣地發問，顯然還沒有消化眼前的事實。

薩魯完全能理解他的心情，咧著嘴角說：「過完生日，我也到參軍的年紀了。針對費利南德遺留的蟲洞問題，安卡上校向總部請求支援，我就向父親自薦過來協助調查了。」

「這麼說來，你會在這裡待一段時間？」葉雨宸總算漸漸反應過來了。

薩魯得意洋洋地點頭。「作為特別調查官，我會待到蟲洞的事件徹底查清楚為止。」

葉雨宸勾起嘴角，看著眼前比自己矮一個頭的少年豎起拇指說：「歡迎回來，薩魯。」

少年嘿嘿笑了笑，低頭從制服口袋裡取出一枚金色徽章，遞給葉雨宸：「葉雨宸先生，為了感謝你在甲殼蟲事件中做出的貢獻，總部特別批准了你的入部申請，並且授予你少尉軍銜。從今天開始，你就是宇宙警部光榮的一分子了。」

葉雨宸滿臉驚喜地接過徽章，一元硬幣大小的圓形徽章上，刻著大寫字母U和一片精緻的星雲。

蘇迪在這時出現在部長室的門口，葉雨宸回頭，兩根手指夾著徽章比了個V，展示給他看，臉上的笑容無比燦爛。

蘇迪微微笑了笑，點點頭，目光轉到薩魯頭上，看到少年正激動地看著他，再過去一點，辦公桌後的安卡一臉調侃。

片刻後，她站起身，從抽屜裡拿出錢包說：「那麼，來一場歡迎宴吧，歡迎我們的特別調查官，也慶祝雨宸加入宇宙警部。」

話剛說完，葉雨宸和薩魯同時跳起來附和，而其他警部在得到消息後也都歡呼起來，熱烈地開始討論去哪裡慶祝，以及要用什麼樣的方式。

只有蘇迪依舊面無表情，有些無奈地跟在眾人身後。但儘管如此，他的目光透過人群，準確地落在一個焦點上。

在他視野的盡頭，剛剛在薩魯的協助下戴上宇宙警部徽章的大明星笑得神采飛揚。突然地，彷彿感覺到了他的注視，大明星轉過頭來。

四目相對的瞬間，葉雨宸嘴角的笑容變得更深了，他豎起拇指，毫無保留地宣揚自己的得意；而蘇迪，眼中閃過了一片許久不曾流露的溫柔。

——《外星警部入侵注意02》完

高寶書版集團
gobooks.com.tw

輕世代 FW291
外星警部入侵注意02

作　　者　冰島小狐仙
繪　　者　高橋麵包
編　　輯　林雨欣
校　　對　林雨欣
美術編輯　林鈞儀
排　　版　彭立瑋
企　　劃　方慧娟

發 行 人　朱凱蕾
出　　版　英屬維京群島商高寶國際有限公司臺灣分公司
　　　　　Global Group Holdings, Ltd.
地　　址　臺北市內湖區洲子街88號3樓
網　　址　www.gobooks.com.tw
電　　話　(02) 27992788
電　　郵　readers@gobooks.com.tw（讀者服務部）
　　　　　pr@gobooks.com.tw（公關諮詢部）
傳　　真　出版部　(02) 27990909　行銷部 (02) 27993088
郵政劃撥　50404557
戶　　名　三日月書版股份有限公司
發　　行　三日月書版股份有限公司/Printed in Taiwan
初版日期　2018年10月

國家圖書館出版品預行編目(CIP)資料

外星警部入侵注意 / 冰島小狐仙著.-- 初版. --
臺北市：高寶國際, 2018.10-
　冊；　公分. --

ISBN 978-986-361-588-0(第2冊：平裝)

857.7　　107006614

三日月書版

三日月書版

GOBOOKS
& SITAK
GROUP©

GOBOOKS
& SITAK
GROUP©